為愛奔波

毛小孩們教我的生死課

陳文茜

獻給短尾白
及我天上的九個孩子

本書版稅全數捐贈給國立臺灣大學動物醫院「街狗醫療團」

二〇一七年的冷秋，我正準備前往美國麻省理工學院採訪人工智慧議題，我對未來的科技充滿了想像，完全沒有察覺我那快樂的家，當下正在無聲無息地分崩離析中……

序言——百日孤寂

《之一》

先是某個太早降臨的秋冬清晨，我從美國剛回來，時差還沒有調整完成，突然被叫醒。清晨七點，可愛的小甜點（Bakery）伸出白色長長的舌頭，因為天氣溫差太大，因為管家自己怕熱把暖氣關了，而且打開大窗，當天陽明山氣溫下降至攝氏十一度……，小甜點因為服止痛藥，導致低血壓，立即昏倒，突然……走了。

然而，這個分崩離析的故事，才展開序幕。

我以為這只是一個意外，在無盡傷痛中，我不願意沉浸其中，依約一周後再度因工作出國，我以為自己已經在某個谷底，還在痛苦與放手之中掙扎；突然間台北告訴我，我的另一個寶貝成吉思汗急性腎衰竭，可能是被隔壁鄰居噴農藥感染，他必須立即麻醉洗腎，而他早有嚴重的心臟逆流，風險很高。

我跨海在機場簽了同意書，上飛機時看著空中的雲，一會兒彩霞，一會兒昏黑，半醒半茫然狀態中，度過了飛行的時光。

抵達台北，飛機剛降落，我立即打開手機，訊息顯示他麻醉醒來，安然度過。

但從此以後，每一個好消息，都蘊含下一個壞消息。成吉思汗度過麻醉風險，醒了，但無法洗腎。因為外科醫師經驗不足，管子沒接好，隔天必須再手術、再麻醉，重來一遍。終於他還是度過麻醉，洗腎了，但全身顫抖，我當下曾經開口希望讓他在我懷裡平安離去，但醫生叫我給他機會。五天後，在忽好忽壞的消息交錯中，他孤單寂寞地在冰冷的醫院中，清晨五點五十分，走了。

那天清晨，手機一響，我已意識到我失去了他，我一直以來的心肝寶貝之一。

前後十四天，我失去了兩個寶貝，毫無準備，過得恍恍惚惚。

寂靜的牆和寂靜的我之間，仍有野花，仍有落葉，有一年好不容易盛開的樹之花蕾。

無盡的路途在無盡的牆間挺直延展，但我在哪裡？我們的故事不該如此結束。我知道生命有彎道，有懸崖，有順流，但有時候也有逆轉。

死亡，為何如此逼趕著我？

整個過程中，我沒有流一滴淚水，事實上我想大哭一場。但不知什麼力量，阻擋了我，我已不完全是我自己。

我的理性告訴自己有很多痛要慢慢淡忘，很多新的路要慢慢走下去。過往有苦有樂，有失去的遺憾，但更有曾經擁有甜蜜的回憶。

一路隨心感觸，不必哭泣。帶著微笑，輕輕看待生命中的起起伏伏吧。

這不就是所謂的無常嗎？

於是我決定不把力氣花在悲傷，我知道這樣我便會失去克服困難的勇氣。

我該把沉重的心情，化為一點點冷靜，照顧好更年邁、更衰老的另一隻小狗南禪寺，就算為了我自己吧！關於死亡，我需要時間……喘息。

我若把時間只浪費在流淚，那只能準備面對真的會讓我淚流滿面的後果。

那段時間我開始和自己在深夜對話。點香、燃燭。是的，傷痛會留下永久的印記，它會在你心裡掘出一個洞，築個巢，然後盤踞在那裡。儘管它只是你生命中的一小段，但人對傷痛有一種自然演化的頑強記憶，它會吞噬周圍一切溫暖的情感。我不想讓自己漸漸失去愛的能力。

我得學會若無其事的帶著傷痛生活。別把一刻，變成永恆。

徹夜我告訴自己，孤獨是一個美麗的時刻，讓我們體驗，真正的我是什麼，透過自我省思並把外在的自我放下，向尊嚴、向虛榮、向地位、向一切投降，放下。

這一刻，我什麼都不要了，只有在最孤獨和痛苦的時候，我才願意說這句話。而此時，我們反而可以找到自己。

也許我們都需要經歷一種失魂落魄的日子，才知道自己曾經擁有的快樂有多少，才能和「過去」真正的相遇。

《之二》

The Party Is Over.

二〇一七年底從十一月二十日至十二月四日，兩周內，突然失去兩個毛小孩。這幾天好幾個朋友，擔心我會太痛苦，希望送我狗，一次三隻；或者陪我到花園流浪動物協會，再領養幾隻狗，維持家中兒孫滿堂的盛況。

我曾夢見毛小孩成吉思汗，還有久違的 Micky（北京狗，二〇〇一年十月往生），兩個從未碰頭的小孩，在我的夢裡相遇。

他們都帶著微笑。

所謂夢，往往是拼湊的荒謬世界。我夢見他們陪我到 Stanford 大學上課，我寫了一篇論文，但居然忘了寫英文，還是幹細胞研究的哲學討論，就交卷了。接著我聰明的表哥（已往生，二〇一六年，西北大學人工智慧教授）建議我，先投稿中文版，再補上一份英文論文，Stanford 教授應該不得不接受。

懷念的人、懷念的毛小孩出現了，在不同的主題。成吉思汗變成了當年我在加州柏克萊大學時陪我散步的另一個毛孩子 Smokey，沿途又跑又哭，因為他聞到了一台遠方賣漢堡的餐車。

晨醒，我也醒了。

幾天過得渾渾噩噩，恍神狀態。數天後，醒了。

The Party Is Over.

我曾有過回家群孩環繞的歡樂，過年一家群狗圍爐的時光，春天在頂樓吃水果沙拉加雞肉的愉悅回憶，還有每天帶著他們到附近星巴克或是阿祥咖啡屋喝奶泡快樂的過往。

甚至颱風天，逆轉找開心，跑到淡水買甕仔雞，大伙吃手扒雞，群狗瘋狂的場面。

這些回憶已經足夠，也不需要再複製。

我陸陸續續「參加」Party 的派對人生，已經快十六年。

下個階段，該往前走了。

我一直渴望退休後，再回美國或是法國，讀一門課程。Carmel 靠近 Stanford，MIT 的媒體實驗室，紐約大學電腦藝術課程……或是動物心理學，法國亞維儂的戲劇課……

短暫的人生，我該給自己其他的選擇了。等老一點的孩子也走了，我的世界周報節目也該告一段落了。等史特勞斯、連心愛的饅頭也離開時，我將帶著所有的回憶，到某個天涯海角。

這大概就是小甜點、成吉思汗離去，想告訴媽媽的智慧。

人生很短，媽媽，你該準備踏上下一個旅程了！

《之三》

二〇一八煙火，雪梨。

這似乎已成為跨年的儀式。沒有煙火，無法突顯這個不平凡的日子。

但所謂從二〇一七到二〇一八的跨越，除了使我們每個人都多了一歲，往後簽署日期沒有二〇一七這四個號碼，它的意義在哪裡？

它的白天並不特別長，氣溫也未必特別冷，純粹只因為人為刻度及地球自轉的計算，這一天世界都唱著相似的音符，然後儀式性的高聲倒數。

突然之間，分分秒秒，那麼特別，那麼珍貴，突然之間，就在今夜。

過去喜歡節慶的我，跨年一定參加 Party，或者在不同的城市享受跨年，或者與友人在某個最佳景點一起觀賞煙火，似乎是走過歲月的必經過程。

Auld Lang Syne，友誼長存，不必哀悼。往事不必回憶，人生太短，可以相聚，說些好故事，聽些想流淚又不必流淚的歌曲，高歌歡唱之間，煙火炸了。

炸掉了瞬間的分分秒秒，炸掉了過去，那些絢爛的色彩繽紛的世界，讓我們遺忘了所有的苦處與為難。

這一生，幾乎每個跨年皆如此。

但今年，滿六十歲的我決定讓今夜回歸平淡。本還想到頂樓吃手扒雞，冷颼颼的寒風，打消念頭，不如家中抱著毛小孩暖和多了。

想想十七歲的南禪寺還能陪我幾個跨年，或者更冷血理智的明白，這可能是我和她最後的「友誼長存」跨年。

其實今夜，她就是我最好的煙火。

下午煮了一鍋麻油雞，家中香味四溢，電子爐火燒起，聖誕節的燈飾尚未拆除；院子已開的茶花，剪下來放在不同角落……

過去為了把平凡的日子鬧得不平凡，還得舟車勞頓，跨國飛行；今年我決定把似乎不平凡的日子，過得平凡、簡單、安靜、且溫暖。

幸福有些時候，不需要太多尖叫聲。

我寫了一封信給「幸福」：

它們很溫暖，我注視它們很多很多日子了。它們開得不茂盛，想起什麼就說什麼。沒話說時，就儘管長著碧葉。

你說我在作夢嗎？

人生如夢，我投入的卻是真情。

世界先愛了我，我不能不愛它。

《之四》

我沒有逃過死亡。

一月十二日晚上十點半，南禪寺突然嘔吐，全是白色物質。她全身發軟，舌頭變白。

我抱著她，先擦乾她的身體，然後第一時間給了她氧氣。

由於事先沒有任何徵兆，會開車的祕書之一剛剛才離開半小時，手機沒有開。還好山下另一位祕書和她先生攔車上山載我們，我們三人分別帶著氧氣瓶、備用氧氣、所有她的藥物、衣服，我抱著南小姐奔至台大動物醫院。

上次離開那裡是十二月四日，那是成吉思汗走的清晨、我的心碎之日……，我再度走入紅磚建築物，身體的反應很自然，心律不整、胃痛一起發作。

然而送醫急救過程中，我卻不斷安撫大家：「她的身體已經不再虛脫，頭會抗拒氧氣，血壓應該已經慢慢回來，南禪寺可以度過，大家不要哭。」

那一刻我聽到自己的聲音溫和又篤定，像另一個飄浮空中的音頻，與我有關，又似乎無關。到了急診室側門，我不再慢慢說話，直接抱著她使力奔跑。我知道我們都跨不過某些命定的結局，可是我想跑過這一次的悲劇。

這個家，過去不到兩個月，已經走了小甜點和成吉思汗，這個家已經流了太多眼淚，我想跑贏它，讓悲劇追不上。

值夜林醫生驗血結果，南禪寺的血溶比指數只有一八%，一般狗正常值的一半。過去三個星期，她好不容易才從二一%拉到二三%。

正確地說，南南已經得了致命性的溶血症三年又四個月。我立即打電話給專業配血的先生，他當然記得我，上回他的大貴賓捐血給成吉思汗，幾年前南禪寺病危，也靠他的協助。電話中，他問我記不記得南禪寺上回配血是大約什麼時候？我立刻回應：二〇一四年九月二十八日，他非常驚訝我背得那麼熟悉……記憶力如此之好。

這不是記憶力，這就像母愛。每個母親都會記得自己孩子若不幸重病，那個發病的日子。你視她為孩子，她的疼痛，就是妳的疼痛。

這三年多，南禪寺幾乎天天進出醫院，但是喜歡坐車兜風的她，樂得把到醫院打針當旅程、當樂趣。她早已不怕。

於是我和她，漸漸把上醫院、看病，當成日常行程，好像吃飯、睡覺一般，而且幻覺會一直如此持續下去。

回想起來，人對某些悲苦有逃避的本能，何況是「南霸天」。她在我的心中，永遠都是囂張小嬰兒，行為舉止也如小瘋子。我如何認知她的老？接受她的衰？

那不是理性認知可以解決的。

在醫院等待期間，發現自己忘了帶她明天的早餐，於是又再回到山上，再次下山……，沿路剛好幫辛苦照顧所有毛小孩的醫生、醫院助理，買份豆漿燒餅油條。熱騰騰的是我的感激，不是食物，是他們在我無助時給予我的溫暖。

交代完所有細節，離開時，南禪寺一方面怒氣罷食，一方面對自己被關在籠子裡哭鬧不停。孩子，媽媽捨不得你，但是今夜，這是可以把妳照顧得最好的地方。請別生我的氣。

一個人走出台大動物醫院，已經凌晨三點了，我忍不住也開始大嘔吐。涼風一點也不溫柔地吹來，我真想問天地，需要這麼寒冷，才足以考驗試煉我嗎？

上了計程車，再回山上，另一隻大狗史先生在門口迎接我。抱著他，暖暖的，痛痛的，但我還是沒有哭。

我對著門口一株白色茶花合十祈禱，老天，請不要如此試煉我。我沒有那麼堅強。我，只是一個流光了淚水的母親。

《之五》

隔天在筆記本上我寫著：請記住，快樂的人，不是沒有痛苦，而是不被痛苦所左右。

我對南禪寺說還剩點時間，讓我迷戀你的樣子，聽著你的呼吸，摸著你的心跳。我們雖已互相陪伴快十七年，但到了最後，哪怕一些微小的事物，已足以讓我記住妳一輩子。

最後這段路正因它剩下得那麼少，分分秒秒，對我們皆格外珍貴。

原來時間不是抽象的，它具體而微，你細心地感覺它，好像細數一項天大的禮物。

《之六》

他們說日子是一寸一寸過的，而我今天為了搜尋資料，居然驚訝已經二〇一八年了。多麼可笑，人的理性和知覺是如此脫離的。去年十二月三十一日我還抒寫了跨年的感悟，可是我的認知鐘擺，卻頑固停留在二〇一七。

由於失去兩個毛小孩，寸寸的心痛，使我認知不了年歲的移動。我反而知道小甜點走了兩個月又四天，我知道二月四號，再十天，成吉思汗也走了兩個月。

我的時間軸不是公眾的日曆，是我的孩子離開的時間。

而我手上，還有一個病痛末期的南禪寺。我陪著她，目睹她的痛苦，她仍有堅持，她想回家，想躺在自己的新床，想主人抱著她，心安地睡覺。

看著她，擁有最好的醫療，最盡心的照顧，我想：小甜點突然意外走，成吉思汗因為鄰居的櫻花噴了農藥……，他們突然地走，是一件壞事嗎？

小甜點住院二十天，但除了初期，一轉到台大動物醫院，他的病情就穩定了，沒有太多折磨。他求生意志堅強，出院那天，他傻傻地不敢相信自己終於脫離了，重獲自由。但是一個人為的疏失，十二天後他因溫差變化太大，突然走了。

我捨不得，也覺得對不起他。但他走得毫無痛苦。已經十六歲半的小狗了，未來折磨難免，這樣走，不好嗎？

成吉思汗一生以吃為志業，當他不能吃時，對他而言，生命已失去意義。這輩子，他是來圖個快活的，討厭醫院，見到針筒，還沒有注射，已經叫得如殺狗聲，聲傳千里。他後來即使洗腎成功，救回來，若如南禪寺這般折磨，這混小子可不吃這一套。活和死，他都要痛快！

而南禪寺病了三年多，最後這兩個月，她的疼痛、疲憊，如一個已然變形的生命體。我那個永遠雄霸天下的南婆子，沒有了威武，只剩下最後一丁點小小願望，希望我們抱著她，烏溜溜的眼神彷彿想告訴我什麼：「媽媽，我受不了了？」

於是，這兩個月來，我的認知完全和二〇一八無關，它不是新年，是生命經歷中新的一頁。我必須重新認知死亡，學習接受，它如此緊迫，我才剛剛放下了一點苦澀，另一個死亡已經降臨；才從無可言喻的無助中走出來，一個病危的「親人」，又叼著死亡的鐘擺，在我面前滴滴答答地算時間。

直到鐘響。

我想這次我會哭，有能力哭……

因為南禪寺用她的痛苦，讓我學會放手，學會對生命所有答案的接受，更讓我明白那兩個突然走的小孩，不見得是不幸。

你不能抗拒死亡，但你可以看穿它。

《之七》遇見短尾白

我還在感嘆生命的悲傷嗎？

現在我要為你介紹我的好老師。她的名字叫：短尾白。

二○○九年，沒有人知道她已經流浪了多久，從那裡來？為何被丟棄？但顯然已經是一個在街頭沒人要的小東西，許久，許久。

有一天，台北縣捕狗大隊抓獲了她，可以想像當時她的驚恐及顫抖。接著她被丟入中和收容所，這裡本來是生命各種答案的另一個起點。一個典型答案是：第十二夜，安樂死；還有一個答案是：幸運地被領養；另一個答案是最糟糕的：在收容中心感染疾病，不治死亡。

她碰到了這些選項中的最後一個，感染了狗瘟熱，一種導致她從此全身癱瘓的神經病毒，這個結局幾乎沒有分號，等待她的就是比流浪還糟的狀況，也是生命終點前最糟的狀態。

她可能被丟在地上，全身髒臭，無力喝水，不能進食。收容中心如果沒有足夠的工作人員，她可能比安樂死更慘，激烈且孤獨地死。

但短尾白跳出了這些命運選項，她遇見了長達十年帶著學生在中和收容中心當志工做研究的蘇璧伶教授。短尾白癱在那裡，台大動物醫院志工團隊必須做出困難的決定，哪些染病的狗必須要先安樂死，才不致於擴大感染，和哪些可以救。

短尾白當時已經四肢癱瘓，蘇教授的團隊決定救她的理由，居然是：她「超級貪吃」，每天趴在地上，動彈不得，卻還是好愛吃東西，這代表這隻狗其他器官仍然健康，而且她想活下去。

短尾白的戲劇故事還沒有結束，一個醫療實習醫生在恍神中，給她下錯了針，從此非常愧疚，每天拜託家人排隊買法國麵包餵食她。是的，她已經癱瘓，連小便都需要靠人擠尿，但是對於生命，對於未來，短尾白沒有什麼茫然，更不必暴躁。

她的世界，從此就是一塊嚼起來噴香十足、大大的法國麵包。

於是自二〇〇九年至今，她在眾人合力下，住進了台大動物醫院，成為台大動物醫院的院狗，並且第一回有了名字：短尾白。

經過台大動物醫院神奇的治療，她的前腿居然可以移動了，後半身倒是全部癱瘓，無可奈何。蘇教授於是幫短尾白做了一個滾輪椅，我第一次看見她時，還以為這是馬戲團出來的住院狗。因為她矯健的身手，尤其上半身毫無障礙的「向前行」，有些時候甚至可以滾得很快，乍看之下好像她正準備滑輪，揮桿一場曲棍球。

我的錯覺不是因為我沒有同情心，而是她實在太可愛、太快樂了。對生命她沒有太多奢求，除了吃……到處吃、四處吃……，關於自己過去的悲慘，她臉上沒有什麼痛苦表情，沒有記憶，沒有自憐。只要拍拍她的頭，她即笑呵呵。至於當下生活，她沒有苛求。

除了吃。

在過去十四天南禪寺的住院期間，每日為了灌食，搞到人仰馬翻，我也攪盡腦汁，為她配食物。上午雞肉水梨池上米花椰菜，中午牛肉鳳梨水梨胡蘿蔔高麗菜……，有一天還翻出法國神廚Paul Bocouse的鵝肝配方，把鵝肝換了台灣鯛，其他盡量比照，伺候刁狗南禪寺（當然這是因為她生了重病，不過，我太累了，還是忍不住詆毀她一下）。

短尾白顯然聞到後方傳來濃濃的香味，居然自己靠鼻子偷開邊門，沒有後肢輪椅，直接拖著殘肢，硬滑到南禪寺住的病房。這趟長廊光走路，人也要十幾步，何況癱瘓的她，可見她的「吃志」多麼高昂。

雖然所有實習醫生都告訴我一定要問過蘇教授，才可以餵食她。但眼看她歷經千辛萬苦爬到我們的病房，我管她三七二十一，就偷偷塞了幾塊雞胸肉給短尾白。

她的記性也真好，從此看到我，即一臉笑意，我想在她眼中，我就是一個大肉排，香味四溢，頂好外加點當季水梨配池上米，我就是個駐院三星主廚。

短尾白待在醫院近九年，一個小小的空間，長約三十公分，寬五十公分，但她已經相當滿足。這九年她看盡各方被寵愛的名狗來來去去，守在醫院分給她的小角落，從不叫，也不哭。生生死死，她看多了，明天不知道長相，昨日只代表吃的食物已經消化，當下只有一件重要的目標：Where has all the foods gone?

醫院對許多動物本來是苦痛的代名詞，但對於短尾白，那可是她一生最安穩、得到最多愛和幸福的家。在動物醫院裡，多數的實習醫生都比她資淺，所以在這裡她除了有一個編號、可能是一輩子第一個名字外，還有個重要頭銜：「學姐」。

哦，對了，她是母的。但是她夜晚時，研究生會固定為她擠尿，短尾白的表情彷彿在享受腳底按摩，沒有羞澀，非常感恩。

今晚夜裡，我帶著南禪寺向醫院請假回家，明早再回去。我知道她的生命已經倒數，心中縱有不捨，看到短尾白，我已不再傷心。我本來的淚水在風中，已化成愛，我想把剩餘的愛，更多的祝福，給生命力無窮的短尾白。

由於對生命的愛，使她更值得生命……，逆風不流淚，活著的每一天，都在歌唱：「我的食物在何方？」尋尋覓覓的不是愚蠢人類無聊的愛情，而是具體又芳香的食物。

她曾經流浪，如今她已有所居；她曾全身癱瘓，如今她已有滾輪車；她不必爭特別的寵愛，因為從一無所有，到一點點愛，她已飛揚愉悅。

一個知道什麼叫做「足夠」的生命，活得如此豐足。

於是我彷彿聽見未來有一個古老的傳說將傳唱：有個先知，她的尾巴是白色的，她的形象不是人，而是從容的一隻狗，她不必站在蒼茫雲海之處，已經得道。

她在台北最邊緣的角落，啟發每一個自以為受苦的人。

送給所有人

當你擁有生命，還可以自由行動的時候，就要感受生命之美，世界之大，可能性之寬。

不要虛擲你的青春時代、黃金時代、中年時代……任何時刻都不要去傾聽枯燥乏味的東西，尤其不要設法挽留無望的失敗，不要把你的生命獻給無知、平庸和低俗。

活著，把你寶貴的內在生命活出來。什麼都別錯過。

序幕

《二〇一七・十・十八》

不知什麼原因，小甜點 Bakery 病情突然惡化得非常快。從星期天開始，他不斷的發病，氣管塌陷，無法呼吸，發出痛苦的聲音。

昨天送去動物醫院治療，今天仍然沒有起色，我用了快七瓶噴氧急救罐，加上家中的製氧機，急救他數次。而且以前只要一會兒即好，這幾次都拖了快十幾分鐘。

我把他抱懷裡，他高興激動，反而增加他的痛苦。今天下午看到他在院子走路，舉步維艱，好想哭出來，我的孩子，你好辛苦。

小甜點從小本來苦命，一直沒有人疼，關在籠子裡，七年幾乎沒有見過草地，也不會走路。

他七歲時才從黑暗中來我家，第一回走花園，害怕至極。慢慢地，他適應了，開始會跳、會跑、會撒嬌。

在家中他最小，逆來順受，只有在我懷裡，會罵人，當個小可愛。

現在深夜兩點半，我還是不放棄，幫他吸氧，也擔心他的膀胱結石毛病再犯。但上回他開刀，已經肺積水，這次不可能動刀。如果一痛，他就緊張，不能呼吸，實在太可憐。

折騰一天，他非常虛弱，現在我為他打造了一個氧氣房，他已睡著。

親愛的小甜點，大哥大走了，Smokey也走了，你是陪伴媽媽的最後一隻博美。博美犬是我小時候第一隻小狗，你們都是我一生對博美永遠的痛和愛。

我知道你已經十六歲了，在先天不良的身體狀況下，你已經勇敢的度過好幾個難關，不容易。我為你的痛苦心疼，但是你那麼膽小，我不要把你送到加護病房，因為光是恐懼，就會要了你的命。

家中還有史特勞斯、饅頭，我此生最後的任務是好好照顧你們一生。我常常告訴自己，要注意身體，我不能讓饅頭、史先生老了沒有媽媽，至少得為他們再活十五年。

所以，小甜點，你會是媽媽此生最後的博美，一種從小陪我長大、我最熟悉的動物。

請你為媽媽，再撐一下：為和你最相親相愛的成吉思汗再堅強一次。

我知道你很辛苦，但是我還坐在地上陪你，雖然沒有抱著你，但我就在你身邊……小甜點，謝謝你給我的快樂，我好愛你！

《二〇一七・十・二十》

今天晚上的小甜點：

1. 舌頭不再伸出來。呼吸正常。

2. 瞪著美麗姊姊們罵，為什麼不帶我回家？雖然姊姊們叫他小可愛。

3. 氣得轉身。

4. 再回頭看看。

5. 不理人，睡覺，鄭重呼籲：「不帶我回家的，請不要再來調戲我。」

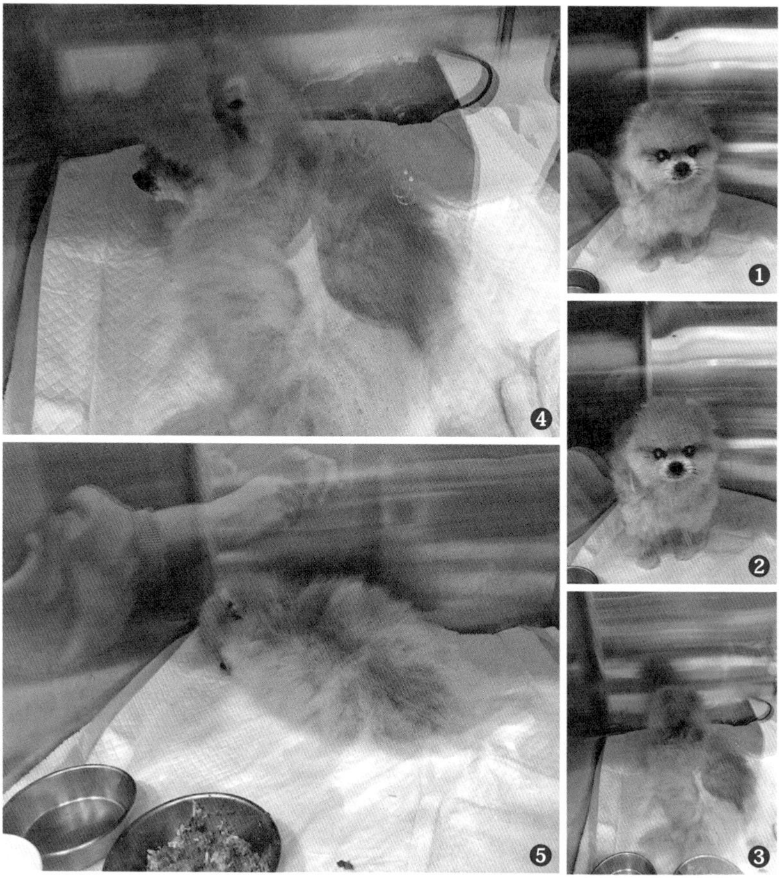

《二〇一七・十・二十》

人生不需太執著，該放手要放手，但人生有時候更不要輕易放棄，該堅毅的事，就要全力以赴，才不會徒留遺憾。

小甜點 Bakery 生病時，好多人為他加油打氣，也有些人告訴我他的年紀大了，再治療只有增加他的痛苦，好心勸我勇敢放手。

其實放手和堅持都是愛，但必須取決於事實狀態。

我一生共養了六隻博美犬，大多因心臟病或氣管塌陷走掉。李敖大哥二〇〇二年送我的小博美「李敖大哥大」，他是二〇一三年五月十五日走的。

從一歲多，他就氣管塌陷，因為大哥大是吉娃娃和博美犬的混種，他可愛至極，但是不到一．三公斤，叫做 Cup Dog。一歲多起，他的先天不良即開始陷入發病，經常一緊張，舌頭變紫，身子一軟，即昏倒休克。

十二年來我大概急救他上百次，直到他十二歲那年，我到美國開刀，家中助理又叫錯飼料，他瞬間發胖，終於有一天，他不斷發病後，我剛剛從美國開刀回來，他虛弱地從自己的小床走過來找我，我一抱起來，他當場眼睛下垂，舌頭發紫，怎麼救也救不回來。

他走過來，想在媽媽懷裡離開。大哥大走後，我雖然哭，也懊惱，但他長期處在低氧狀態，我知道這一生除了生病、被南禪寺惡咬，他很快樂，沒有吃過苦。我在腦海中留下的，都是他可愛無比，例如偷吃比他還要高的油條模樣。

Bakery的情況不同，他的舌頭一直是紅色，生病時伸很長，但仍然是紅色的，病發時呻吟氣喘。的確，他老了，身上有骨刺，加上小時候他被原飼主關在籠子裡，後腿退化，脊椎損傷壓迫神經。

但這些都可以用針灸，來減少他的疼痛。

Bakery這次發病也是巧合，他一個月前還活躍得很，一個星期前我不在台灣，他開始發出聲音，一個新助理為了騙他喝多一點水，每次都放豆子在水中，看到他吃得那麼開心，愈放愈多，後來他等於一天多吃一頓，於是胖了約二十%體重。從一．六公斤變成約二公斤。這〇．四公斤，對於小博美犬等於要他的命。等我知道他出問題時，他已進入急救狀態。

過去四天，雖然每日往返動物醫院，但沒有用最高濃度的氧氣及類固醇，病況改善有限，時好時壞。

昨晚我們以為他好多了，他開始罵人，把他抱離氧氣室不過十分鐘左右，他突然病發到一分鐘呼吸約一百二十下，我立即決定冒險送急診住院……

今天醫院宣布他已經穩定了，周末可以回家，但回家後必須繼續住在氧氣室一段時間。

我給大家的意見是：當你的寶貝受苦時，不要為了捨不得而給他太多痛苦，這時你可以流眼淚，但要堅強放手，終止他的痛苦。

但是當你的孩子有救時，請不要輕言放棄！在你的細心照顧下，他可能會慢慢好起來。

堅持下去，直到你們真的需要互相道別的那一天。

《二〇一七・十・二十》

小甜點撐了幾天，本來以為穩定了，家中到處是氧氣機、急救鋼瓶。

今天晚上七點，他在氧氣小屋裡大叫大嚷，於是想大概好多了，心疼他，把他抱出來，他在尿墊上先小便，然後乖乖地睡著了。

沒有想到十分鐘後，他突然醒來，病情再度惡化，怎麼噴氧都緩和不了……喘氣呼吸一分鐘快一百次，我立即衝下山送加護病房，一路把鋼瓶氧氣先開到七，他舌頭還是伸很長，異常痛苦。好心的助理一邊給氧氣，一邊哭，我不顧一切一口氣調到十，Bakery 小甜點才舒服一點。

終於，安全抵達動物醫院。

本來以為 Bakery 今天會在家中安全度過，特別約了好心的「放放窩」馮姊到家中，幫他剪過長的指甲、腳毛，這樣在家中小便時才能不摔倒。

結果小甜點住院去了，好心的馮姊先去醫院看他，再到家裡幫天下第一鬼哭神嚎成吉思汗及淡定的南禪寺修指甲及腳毛。

我焦慮了幾天，本來是捨不得膽小的小甜點住院，看到伊甸動物醫院給了他照顧，終於比較放心。我離開時告訴他，我們都好愛他，親愛的孩子，千萬不要怕。

夜晚十一點，我開始剪成吉思汗的腳毛，再聽到他大驚小怪的鬼叫，已不再像過去嘲笑他。

謝謝他還算健康，扛著心臟病的身體陪著我們。

把他的鬼叫當嗩吶，吹給遠方小甜點弟弟，當祝福。

《二〇一七・十・二十》

我親愛的孩子，這是十年來，你第二次住院。我知道你很害怕，但是媽媽、阿姨們照顧你多天，每日白天奔跑醫院後，今夜你仍然再度發病，一分鐘呼吸一百多次。

對不起，小甜點，我沒有注意到近日天氣改變，你的不適。我必須把你送到更專業的醫院加護病房，他們可以用噴霧類固醇，及其他更濃的氧氣救你。

此刻你或者疑惑、或者孤獨、或者害怕陌生的環境。但永遠不要懷疑，你是一個活在濃濃愛之中的孩子。

你去了一個叫台大動物醫院的地方，那裡幾位醫師如此細膩的照顧你，今晚家裡所有的人都為你禱告。小涴姊姊一路送你去醫院時為你噴鋼瓶氧氣，一邊噴，一邊哭。我們都如此愛你。

小甜點，不害怕，天黑了，在濃濃的氧氣中，好好睡，才能康復。媽媽永遠不會放棄你。今晚，我把你的照片放在床頭，親愛的小Bakery，我會永遠在你的身邊。

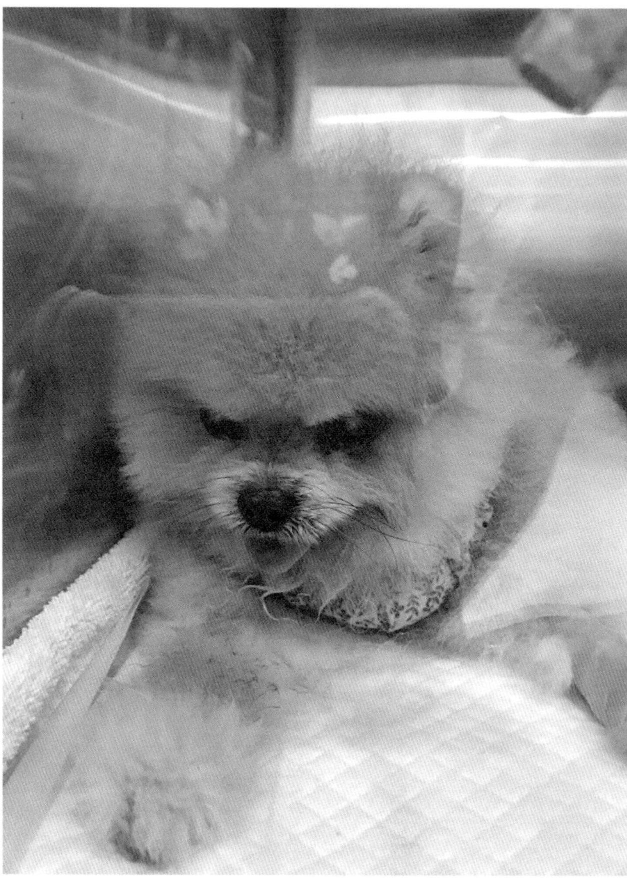

《二〇一七・十一・三》

「從沒想到有一天自己也會變老。」三個月前請賴岳忠攝影師為全家孩子拍攝的照片。

當時不知道 Bakery 這麼快就住院差點走了，不知道成吉思汗已經心臟衰竭，剛剛知道饅頭的眼睛永遠再也看不見，早已明白南禪寺已經和白血球攻擊奮戰三年。

《二〇一七・十一・八》

因為牙齒感染，白血球太高，必須拔牙的Bakery，今天下午三時麻醉，拔掉牙齒。他已經十七歲，手術風險高，花的時間遠超預期，直到約八點半，呼吸穩定，才回到病房。等待五小時的美女助理，看到他終於平安出來，回到病房，當場哭了。

台大動物醫院李繼忠醫師囑咐今天讓他留院，才能安心：明天再出院。在飛行途中，我本來睡著，後來嚇醒，飛機上網路又不通，直到剛剛看到訊息才心安。

感謝三個星期來，所有幫助小甜點度過各種難關的助理、醫師、所有為他打氣加油的人，非常非常感謝你們。

《二〇一七・十一・九》

當你被囚禁太久後，你已經忘了什麼叫「自由」。

小甜點住院二十五天，其中加護病房住了至少十五天，每日我們可以探望，頂多二至三次。他一路過了好幾個鬼門關，今天終於出院了。

我帶他走出醫院時，他迷迷糊糊，不知道怎麼回事，走下台大動物醫院門口，秋風起，一名工人在旁掃落葉，他卻沒來由地對沙沙聲直發抖。

上了車，怕他緊張氣喘，把小甜點放入平常他吸氧的小車內，他開始罵人，抱起來放懷裡，他時而打盹，時而懷疑是不是又要轉院。

即使回到家，放在他熟悉的床上，他仍然呆滯的盯著我們。

孤單久了，回到家，這樣熱鬧，這麼多熟悉的人和兄弟姊妹，如夢一場。

而饅頭望穿秋水三個星期，媽媽終於回來了，但搞不清楚為何焦點都不在他身上。於是趁著換藥（皮膚）時，偽裝自己非常非常虛弱。

一切戲劇，直到史先生靠近、饅頭開罵、Bakery 也跟進大叫，那一刻，小甜點確定：我回家了！

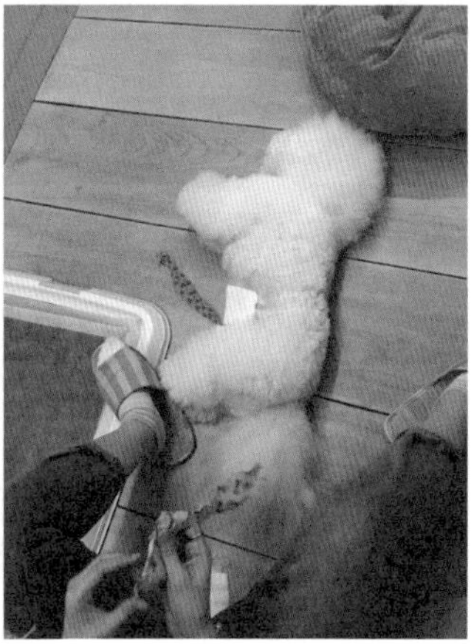

《二〇一七・十一・二十》

我心愛的小甜點，十一月二十日上午八時左右，突然昏倒，之後排出身上的污穢之物，舌頭伸長，冰冷的白色舌頭，走了。

我用氧氣急救室、按摩心臟，他都沒有再回神。

自從出院回家療養後，他每天忍著痛，一天服用三次止痛藥物。天變冷之前，還可以在社區馬路走路。看到他喜歡的 Vicky 小姊姊，還會奔跑。樣子可愛極了。

昨天天冷之後，沒有讓他出門，在家裡走路，吃飯，吃藥。今天上午七點半起來，很乖的在板子上尿床，突然半小時後，直接倒下。離他最愛的雞肉泥早餐還有一個小時，他已來不及享用。

平平淡淡，靜靜地走了。就像他的一生，永遠是家裡最乖的孩子，認命也深愛他的哥哥姊姊，從來沒有脾氣。

我的小可愛，去天堂吧！那裡有你熟悉的 Smokey、大哥大，你們三個在一起，互相照顧。有一天，媽媽會去找你們。

不要怕，我的小甜點，我的小乖乖。終於再也不痛了。

《二〇一七．十一．二十》

送別我可愛的孩子小甜點。

回家的路上，細雨濛濛，山嵐如仙境，雲霧細膩一直往上飄飛，落雨後的竹葉，綠樹有一種獨特的清新。

你走了，只剩一個小瓶子，媽媽為你挑選一個可愛的藍色小飾品，正如兩個月前，你發病前戴的帽子。

想起許多點點滴滴，媽媽忍不住在摸著你做最後告別時，大哭。你是媽媽失去的第七個孩子，這一切如此熟悉，又好像夢境。

送你進入火葬爐前，我的孩子，你的腿已伸直，體溫也漸漸消失。但你的眼睛已經閉上，如此安詳。

你一直以來都是家中最乖巧的小孩，十年前媽媽把你從一個痛苦的籠子裡帶出來，你貼心的黏在我身上，舔著我的手，一個感恩的小孩。

剛剛開始來家裡時，你後腿退化曾經不會走路，後來居然曾經可以開心的環繞客人，如跳蘇菲舞一般，旋轉，旋轉，旋轉。

去年圍爐，粗心的媽媽不小心抱著你，你一看到饅頭弟弟爬上桌吃飯，急得也想站起來搶食物，結果從椅子滑到地上。勇敢的你，沒有哭，沒有叫，立即站起來，要媽媽再抱你。

南禪寺姊姊生病在前，已經三年，天天到醫院，饅頭弟弟眼睛又瞎了，看不見，我們怕他受傷，常常抱著他。而你忍著脊椎壓迫神經的疼痛，直到最後哀嚎，不能呼吸。

這段時間你是否抱怨媽媽忽略了你？

對不起，小甜點，對不起。

謝謝你這十年帶給我的快樂。

今天帶你回家的路上，媽媽強忍著眼淚，希望走一條如天堂的路徑，帶著可愛的小天使回家。

回家後，少了你，家中南禪寺、成吉思汗都知道你出事了，表情落寞。這個曾經歡樂滿堂的屋子，頓時安靜許多。

親愛的孩子，答應媽媽，我們一家以後，天上團圓。

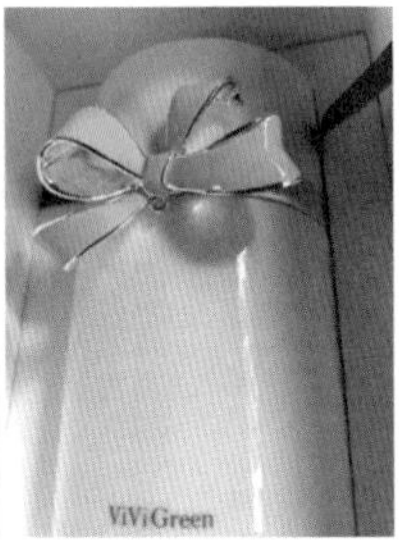

《二〇一七・十一・二十一》

他們說：人的白天和黑夜，是不同的人格。

夜深了，所有的白天湧上腦海，一整天，我只記得清晨 Bakery 小甜點倒下時的畫面。之後，幾乎都成了空白。

夜太沉，壓得人沒有逃避的空間。我的孩子走了，我的小甜點永遠走了。如夢，卻更如實。

史先生今夜懂事的陪伴我身邊，而床頭旁的嬰兒車，有玩具，更有我好幾個孩子的骨灰。

從二〇一一年 Smokey、二〇一三年大哥大、二〇一四年蕭邦，到今天新加入的 Bakery 小甜點。

他們化成灰，還是我的孩子。

而我永遠不會離開他們。我只是用另外一種方式，陪伴彼此，讓他們知道媽媽永遠不會放棄他們。

把小甜點的骨灰罈再放進，嬰兒車已滿，那是我當年救狗改裝成氧氣房的車子。

如今，已堆了滿滿的骨灰盒和孩子們生前的玩具。

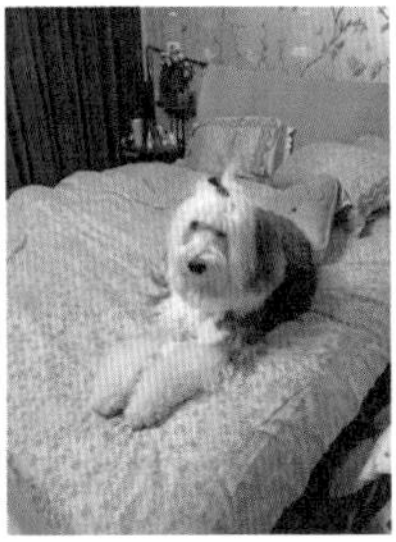
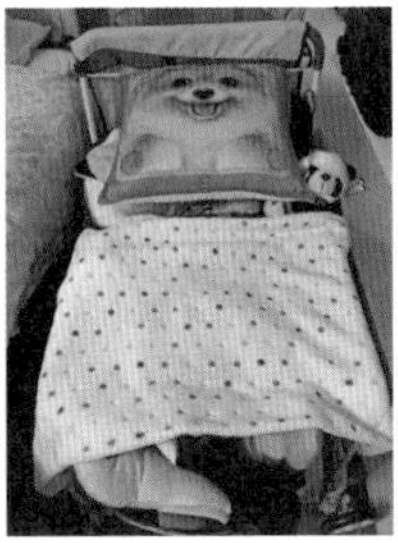

其實每走一個小孩，我都好像脫了一次皮。忽而恍神，忽而正常。未來的我還有多大的承受能力？

看著床邊的史先生，我告訴他，你應該是媽媽養的最後一隻狗。媽媽老了，養毛孩子是一種責任，史先生可能可以陪伴我至七十三歲左右，但我沒有把握自己可以活到那個歲數。我告訴史先生，媽媽會為他保重身體，保護他到最後。我不會讓他小時候流浪，老了又失去可以倚靠的親人和家園。

最後我想對親愛的小甜點說些誠實的話，這一天，我有一萬個捨不得，雖然也有一萬次告訴自己要放下。

拉扯到夜晚，我想告訴小甜點，媽媽好想再次抱著你在懷裡。看你可愛的眼睛，聽你氣呼呼偶爾罵人的聲音，以及每次急著和成吉思汗搶食物互擠著急的場面。

曾經我一直誤以為這些幸福，是永遠。

《二〇一七・十一・二十二》

人心中若有大悲，通常沉默不語。

二〇一一年三月，我抱著三個博美孩子，拍了一張合照。

那幾年我常常三個一起抱著，從樓上走上走下，或是這樣帶著他們走去星巴克喝奶泡。

當時我覺得自己是世界上最「富裕」的人。自左至右：小甜點Bakery、Smokey、大哥大。

拍完照片後不久，他們分別在二〇一七年十一月、二〇一三年五月、二〇一一年六月離世。

終於知道什麼叫「心，空了」。

《二〇一七・十一・二十二》

天冷了，比氣象預報提早兩天。

小甜點離開已經兩天多，他的驟逝，我當然不捨，也必須放下。但是照顧他的台大動物醫院的醫師都非常吃驚，因為他們知道，我人在國外，為了讓我安心，把小甜點照顧到連牙齒都洗乾淨，病情非常穩定，才讓他回家。

今天本來是小甜點預計回診的日子，我傷心之餘，想提醒各位，「溫差」對老人、老狗的致命性。

其實我出國前已經將家中室內溫度設定為二十五度，並且告訴所有助理及工作人員，任何人不許動溫度設定計。

可是小甜點走的當天上午七點，上班的管家從戶外十四度走入，覺得室內很熱，儘管我們一再交代，他仍然粗心的關了暖氣，打開窗戶，因為他穿了毛衣。

在氣溫劇降下，小甜點提早醒來，小解，然後血壓下降，昏倒，走了。這本是出院前醫生一直提醒必須要避免的事，早上起床第一泡尿，血壓會降低，一定要注意溫差。

事後管家很自責，我很遺憾。分享此事不是責怪誰，而是想到他住院二十五天，醫院那麼認真，小甜點那麼努力求生存，只因一個早已知道危險的小疏失，小甜點即走了。

今天，天又冷了，請注意溫差，尤其老人、老狗。早上，特別危險。

這算是小甜點希望我告訴各位，可愛善良的他，留給大家的禮物。

《二〇一七・十一・二十九》

過去和小甜點形影不離，而且吃飯搶他的飯盒，有事沒事即四腳朝天叫小甜點舔他肚子耍大牌的成吉思汗，近日行為古怪。

小甜點走的當天清晨，他瞪著大眼看我急救小甜點，看他動也不動吐舌頭，成吉思汗一直盯著，始終沒有離開。直到看到我用毛巾包裹小甜點，哼搖籃曲，然後哭著帶著小甜點離家，前往火葬場。

八天過去了，我人在上海，助理傳來訊息：

「成吉思汗狀況：

1. 沒精神，頭垂低低走路，
2. 叫他沒什麼反應，
3. 不太願意動，一直睡，感覺反應變遲緩，
4. 睡醒了也不起來，躺著睜著眼睛發呆，
5. 半夜不睡覺，起床一直走來走去的，
6. 走路搖晃。

整體精神狀況跟反應都跟之前明顯不同，

但食慾跟排洩喝水都還正常。」

狗，是非常重情的動物。
思汗，媽媽明天工作完畢，會立即回家陪伴你。媽媽沒有照顧好你的弟弟，對不起！

《二〇一七．十一．二十九》

我的孩子成吉思汗，在小甜點走後一周開始晚上不睡覺，十天後到台大動物醫院，本來以為他是憂鬱症，結果診斷居然是急性尿毒症，及初期胰臟炎。他本來有很嚴重的心臟病，目前已簽署麻醉同意書。

醫院直接宣告他病危。

我的孩子，一個從兩個月開始在我身邊長大，始終快樂，沒有煩惱，十五年來每天守候廚房的孩子。

希望你不要害怕，媽媽在回家路上。你一定要等我，和最愛你的Vicky！

《二〇一七·十一·二十九》

親愛的成吉思汗，我在空中，剛剛起飛時，突然看到一線彩虹，好像在你身上發生的一切，可能出現一道希望。

不到兩秒鐘，雲霧籠罩，我沒有縹緲的感覺，只有害怕。

雲霧越來越濃，然後我已在雲頂之上，接著機長廣播，亂流希望各位繫緊安全帶。我看了一下錶，十一月二十九日下午五點四十分左右。親愛的孩子，此刻你還好嗎？

現在飛機平穩的飛行空中，室外溫度負四十三度，機艙螢幕顯示我們正在穿越海峽，離到達台北約五十分鐘。而我的心，低落到了極點。

飛機老舊，沒有新式附載的 Wi-Fi。我沒有你的任何消息，你的生死未卜。

我不知道抵達後，打開網路，我看到的答案是什麼。我聽到醫師的慌張，兩個星期前，她經過多次診斷，持續觀察，才判定你的藥物可以控制腎功能，心臟也是，每天打五十 CC 輸液治療即可。

這兩周，天氣忽冷忽熱，我們先意外失去了小甜點，你的病來得又急又猛。

醫生要我決定，如果不麻醉放管子，明天上午不能立即洗腎，你的急性腎衰竭會惡化得非常快而且非常痛苦，加上胰臟發炎你會很疼痛；但是如果麻醉放管子，可能等不到我回家，也等不到洗腎，你早已惡化的心臟二尖瓣膜可能斷裂，麻醉中即走了。

你已經十五歲，心臟病惡化已經兩年，謝謝你一直辛苦堅強的追求快樂，追求你愛的。

如果你因為麻醉而離開，請原諒媽媽的決定。我沒有一秒鐘猶豫，即直接越洋要求助理代簽同意書，因為你的兩位哥哥姊姊都是尿毒走的。

哥哥 *Miki* 米其林是一隻北京狗，我從紐約帶著他飄洋過海回台灣。他約莫十八歲時，得了急性腎臟衰竭，走之前，他住院，嚇得發抖，我到醫院抱著他，他完全尿失禁。不忍心看到膽小的他在醫院，我把他帶回家，結果他痛苦得不停哀嚎。專心動物醫院洪醫師告訴我，尿毒症的狗，喉頭如火在燃燒，非常痛苦。

我本來算了時辰，想留 *Miki* 到十點，但是目睹他的哀嚎，我提前拜託洪醫師，讓他安樂死。當時我做決定時，篤定呼吸平穩，等他真的打了一針，走了，我忍不住嚎啕大哭。

之後，我憂鬱了許久一段時間。

姊姊 Baby Buddha 也是尿毒走的，二〇〇四年六月十日我從美國回來，一進門，抱起十九歲的姊姊，聞到熟悉難忘的尿毒味道，立即趕往台大動物醫院急診，之後我們在家用點滴、氧氣，延續了她最後痛苦生命的兩個月。

Baby Buddha 在二〇〇四年八月十日上午十時十分走了。她的醫生也是今天醫治成吉思汗的蔡函儒教授。

時間一分一秒過去，我離降落機場，只剩約十五分鐘。我本來想看電影，轉移思念焦慮的痛苦。

最終，隨著雲朵，以及你生命中最困難的一分一秒，我寫下這些文字。思汗，我與你同在，雖然媽媽現在沒有在你的身邊。

但此刻，此時，我全心的告訴你，我好愛你。

不要怕，孩子，不管你經歷了什麼，不要怕。接受它，接受生命的所有答案。

媽媽記得你曾經每一個笑容，永遠不變的四腳朝天。

你，永遠是快樂的代名詞。

#B612

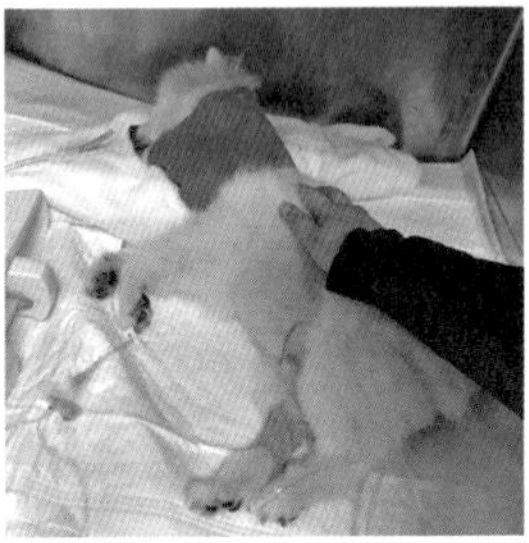

《二〇一七・十一・二十九》

成吉思汗度過麻醉風險，離開手術房，明天上午準備洗腎。
感謝上蒼，感謝台大動物醫院，感謝各位。

《二〇一七・十一・二十九》

終於放聲大哭一場。

十天之內，兩個小孩病危，一個走，一個仍在奮戰中。

我在想老天想考驗我什麼？

最後終於放聲大哭，我想我該釋放過去一個月來所有壓在心中的痛苦。

明天還要去亞洲大學教課，晚上再回來看成吉思汗。

剛剛抱著南禪寺，求她陪我，謝謝她還在。

這個家，冷清了。

《二〇一七・十二・一》

親愛的成吉思汗，今晚看到你，不敢相信你經歷了什麼。

也不敢置信是什麼力量，使你一路支撐下來。

本來以為你昨天過了難關，今天上午可以開始洗腎。結果，下午醫院告訴我，抽不到血，必須再動手術埋管。

於是今天下午，重度心臟病的你，又歷經二次手術，再度過一個難關。兩次麻醉下來，你的血壓變得非常低，醫院用了升壓劑，目前慢慢降藥，已經比較穩定。

但在洗腎之前，即使打了點滴，你一整天尿毒指數仍然上升，而且誘發了初步胰臟炎、腸炎。

晚上六點，你終於開始洗腎，結果還是很不順利，醫生本來想放棄，打電話到台中告訴我，是否考慮放手，停止治療。

結果只為了等我從亞洲大學趕回來，見你最後一面，於是台大動物醫院洗腎團隊再嘗試，兩位愛狗的教授一起救你，居然成功洗腎！直到夜間十一點，你的尿毒指數終於從239降到158，明天再二度洗腎。

親愛的孩子，你好勇敢，但同時我好心疼，你已不成形。

目前從頸部到心臟的血管發炎，胰臟發炎也惡化，媽媽從你的腹部呼吸看得出來你非常疼痛，即使麻醉藥效仍然在，拉肚子時你仍痛至一直想晃動。

那種疼痛的掙扎，對一生一直被呵護疼愛的你，是什麼意義？我看到洗腎後的你，心都快碎了。

孩子，你一生沒有吃過苦。過去光剃個腳毛，或是抽血，打個疫苗，你已大呼小叫，哀嚎千里。

如今的你，是多麼虛弱，居然可以忍受這麼大的痛苦，沒有哼一聲？

今晚十一點，我看你已完全虛弱無力，除了呼吸沉重，大便也已惡臭。還好 Vicky 阿姨今天中午已經買好了血漿，支撐你的性命。

明天上午醫院將再為你洗腎，如果可以控制急性尿毒、胰臟炎，媽媽會全力救你。

如果不行，我會做決定。因為在我的心目中，你始終忠於自己，不討好任何人，愛美女，當然也愛便當。你的世界沒有苦，沒有痛，只有守在廚房，吃得不夠。或是喜歡的人抱你，你永遠都會來個小舔舔。

媽媽不知道周日還活躍亂走的你，為何兩天之內，暴發如此嚴重的疾病？

我好謝謝你的勇敢及意志力。讓所有愛你的人，至少可以有機會和你道別。

你這輩子都是最快樂、與世無爭、每天吃喝玩樂的小孩。你永遠是媽媽最可愛的小胖子。

媽媽不會讓你再白白受苦。必要時，媽媽會幫你做決定。

媽媽不會讓你受苦。而這麼做，是我給你的愛，另一種方式。

《二〇一七・十二・一》

《送給冼賢中的成吉思汗・超越等待》

額頭頂著窗，玻璃好似不眠的愁旅
我已經超越了黑夜的天空
一塊狹小的草原在我張開的手中
在那死氣沉沉的天際
額頭頂著窗，玻璃好似不眠的愁旅
我尋找你而超越等待
也超越我自己

——法國詩人艾呂雅

《二〇一七・十二・四》

《南禪寺語錄》

學會溜冰的第一件事，就是學會跌倒。

人生如溜冰。無數次跌倒之後，當你對跌倒愈來愈學會接受時，你已慢慢地接近不懼怕了，行雲流水，摔倒，笑笑的，再站起來，繼續划向下一個美好的段落。

這樣的人，才是真正的勇者。

我的弟弟，成吉思汗，加油。

《二〇一七・十二・四》

二〇一七年十二月四日，上午五點五十分，我的小孩，我的心肝寶貝成吉思汗，終於脫離痛苦，停止心跳呼吸。

昨天我在台大動物醫院從白天守候至下午七點，晚上拜託朋友送宵夜至醫院給辛苦值班的醫療人員，這正是成吉思汗的心願。他體貼，愛人，熱愛食物。我們做的，都代表他的心意。

他突然走了，我們本來買好治療他的昂貴血漿，決定用成吉思汗名義送給台大動物醫院，希望可以救助其他小動物生命。

謝謝你，成吉思汗，你給了我整整快樂的十六年。你是媽媽四十四歲時的生日禮物，這十六年關於你的回憶，都是歡樂、搞笑，廚房忠實侍衛長。

你十歲生日那年，媽媽為你買了一個生日蛋糕，你當然是狼吞虎嚥。從那天起，樂極生悲，媽媽才告訴你，你老了，要開始減肥。

住進醫院這五天，你受的苦，超過你的一生。你離開，媽媽捨不得，但也為你終於遠離巨大的疼痛，感到平靜。

孩子，我現在正在前往醫院的路上，即將抵達。我將再度把你擁入懷裡，帶離苦痛之地，回到溫暖的家。

成吉思汗，謝謝你，謝謝老天把如此可愛的孩子送到我的身邊，我們永遠愛你。

《二〇一七・十二・四》

我想把一首告別的詩
寫得更動人
更成熟一些
我沒有哭，始終沒有掉淚
我只知道，在今天清晨
我的成吉思汗
已不再受苦
他已聽不見
他已看不見
只有雲彩
這個逼著我們一家分離的秋天
終於有了陽光
樹葉枯黃
——如今只有我們

在難得金色的陽光下
我們兩個，互相依存
——我抱著你仍留下微微的體溫，假裝做成最後一個家！

《二〇一七・十二・五》

插了一盆文心蘭給離去的小甜點和成吉思汗，花就擺在兩個寶貝今年七月剛拍攝的照片旁。

這是一張古董鏡櫃子，花放其上，有了倒影，好像時光會倒流。

那時誰也無法預視四個月後，這一家的改變。

倒影好像可愛的小甜點仍在微笑，而照片中的成吉思汗大汗模樣，似乎正指責我：搞點吃的，這個算什麼？我不需要唯美派象徵，我要實際的，快上牛肉湯。

我該回：大汗，遵旨嗎？

《二〇一七・十二・五》

報告大汗，愛心分子牛肉湯完成，上菜了！

右圖之一為某位救人無數的名醫，正巧於奈良東大寺，聽聞你離去，特別為你祈福燒香。

他拍下兩隻紙鶴，前面是平日大汗但到了醫院就膽小發抖的你，後面是永遠追隨你的小甜點 Bakery。小甜點初期住院情況危急時，還靠這位大醫師建議服用某種止痛藥物，才順利轉院，最後回家。

這一切，盼望你們知道，許多人永遠愛你們！勇敢的飛吧！我的孩子，成吉思汗，帶著我們家的小可愛，如紙鶴一樣，平安飛翔吧！

《二〇一七・十二・五》

人生一定免不了和摯愛分別，不管他是至親、伴侶、毛孩子或是好友。尤其短時間，十四天之內，兩個小孩相繼離開，沒有人會不痛。

我在外婆走後，第一回體會到什麼叫椎心之痛，欲哭無淚……想哭，卻有種莫名的潛意識壓抑著你，不能哭，不會哭了。

昨晚告訴家人，如果我出什麼聲音，請他們不要介意，然後大聲尖叫，把心中的痛楚，發洩一點！

今天上午收到Judy Flower送來心形的花朵，啟念到士東市場買更多花，還有滷牛肉湯給我兩個愛吃、但一生無緣嚐食牛肉湯的孩子：成吉思汗和小甜點。

以往家裡每回燉煮牛肉湯，到了快起鍋時，太香了，空氣中瀰漫的香味，會使成吉思汗抓狂，他會叫，或是哭，或是在廚房「堅守陣地」久久不離開……這是什麼東西？我好喜歡這味道。媽媽，為什麼我不能吃？

如今去了天堂，你們終於沒有限制了。親愛的孩子們，今天媽媽到菜市場買牛腱、洋蔥、大白蔥、馬鈴薯、胡蘿蔔、當季最好的蘿蔔，加上剛剛從麻省理工學院學會的分子料理，加入半隻雞湯。

一切已經發生，這大概就是生活吧！

生活本來就會不斷考驗你，只有想辦法走出去，一點一滴度過，並且將傷心化為實際的作法，全力照顧我那更年老也生病中的寶貝南禪寺。

《二〇一七·十二·六》

「人生一半是對美好的追求，一半是對殘缺的接納。」

家裡一下子突然冷清了許多，南禪寺和饅頭決定假裝互不相識。

但分別守住戰略通道，這裡是通向廚房的走道。任何動靜，立即奔入。

《二〇一七・十二・七》

我的孩子成吉思汗一生直到最後住院，無憂無慮，他好吃，永遠四腳朝天睡覺，唯一恐懼醫院。

照片是他每三個月到台大動物醫院檢查抽血，躲在椅子底下，以為不會被發現，逃過一劫，開心的傻瓜照。

他有心臟逆流，但是到了醫院，往往醫生還沒有抽血，不過碰到他的身體，即哭叫傳三巷，再抽血，則快哭倒長城。

每次在檢查室，醫生都會說：給我一點面子，否則別人以為我在虐待你。當然他照呼叫哭嚎到底。

他和小甜點在家形影不離，常常躺下來，勒令小甜點舔他的肚子，他的腳就會一直抖，爽呆了。吃飯時，他先狼吞虎嚥吃完自己的碗，然後走到小甜點旁，屁股一擠，就吃起別人的東西。我們通常都得把他抱走，否則小甜點就慘了。

但是他對人痴情不已，幾乎等同食物。美女 Vicky 是他的最愛，他總是跟前跟後，Vicky 要下班時，得趁著他睡著了，否則他會站在一樓門口哭一個小時。而我每回出門，他看到行李箱，就坐在裡面，希望媽媽不要離家。

他這樣可愛，大牌，有情，黏人，我們常常忘記他已老了，好像永遠都是我的小 Baby。

走的最後五天前，我不在台灣，等我趕回來送到醫院時，他已虛弱到無力哭叫。

那天他清晨五時三十分左右走的，醫院告訴我他呼吸急促，喘個不停。孩子，當時的你害怕嗎？

而我連抱著他安撫他的機會都沒有。孤單躺在冰冷的籠子，身邊沒有他愛的人，成吉思汗，媽媽太捨不得，也對不起你。

你離開了，回到沒有痛的世界，這是我唯一寬慰的事。我的心肝寶貝，衷心祝福你，記得在天堂好好照顧小甜點。

《二〇一七・十二・八》

為成吉思汗、小甜點煮麻油雞魚。

這個祕方是陽明山「雲亭」餐廳老闆教我的。一點點麻油，一點點酒，麻油雞湯就不會太油膩；而加入龍蝦或魚，湯會更甜鮮，魚也因麻油會比較嫩。

上菜時，南禪寺及饅頭守在走廊，想要攔截：這麼香，我們為什麼沒有份？

還好史先生去美容美髮，不知好料正上場。

Judy Flowers的紅心花又來了，本來我是替成吉思汗送給Vicky的禮物，謝謝她寵愛思汗，守候一生。

可憐大美女至今仍經常痛哭，她說：花還是給他們比較好，帶回自己家裡，更觸景傷情。

我的心肝寶貝們，姊姊弟弟現在對天堂的你們羨慕又祝福。他們目前的處境就和當年Baby Buddha、Smokey、大哥大走掉時，成吉思汗天天守供桌，心境一樣。

昨日節氣是「大雪」，孩子們，你們剛剛學會在天上飛翔，要吃好保暖。

乖乖，我的寶貝。

《二〇一七・十二・十一》

「天堂不是我的家園，流淚心碎後，我希望你們重返我的身邊。」

三個星期前的今天，住院二十五天，求生意志堅強的小甜點，好不容易回家十二天，突然因為氣溫驟降，晨起血壓低昏倒，在家走了。

一個星期前的今天，也是清晨天未亮，我的心肝寶貝成吉思汗因為胰臟炎及急性尿毒，孤單地在醫院走了。

今天朋友送花，黃色心型玫瑰。好像小甜點。

今年聖誕樹，沒有太多掛飾，加了一些燈，閃閃發亮時，每一個閃爍，都代表我的祈禱，盼天堂的孩子們，平安不要哭泣。好好飛翔。

《二〇一七・十二・十二》

今日乃本大王成吉思汗仙化第八日。

為了向各位好好告別，本大王決定豪飲一杯美酒，吃個生前最愛的麥克雞塊，與我同名的漢堡（汗寶），外加過去七天的牛肉湯、麻油雞、仙草雞、鮭魚烤飯團等仙味，化為千風，然後帶著膽小的小甜點 Bakery，共同飛往閃爍的星空。

如果你們想念我，想像我們已經是某個星球的兩朵花。

媽媽不要再傷心，美麗姊姊 Vicky 不要再哭泣，以後只要夜晚，你們仰望星空，那個漫天的繁星中照著妳，特別閃亮的，就是我們正對妳們眨眼，表達永恆的思念。

大王乾杯！再見！後會有期！

P.S. 沒好料理時，不要隨便叫我下來。

《二〇一七・十二・十五》

二〇一一年跨年時我的好友，才女任祥及姚仁喜的建築公司大元建築，製作了一個特別的生命樹分贈友人。

我一直保留至今。

有時候風吹，它會掉下一個葉片，上面寫的可能是：夢想、寧靜、Love……我往往會心一笑。

小甜點 Bakery 走後，我把他今年剛拍的可愛照片放在生命樹旁邊，掉落什麼葉片，大概就是小甜點給我的留言吧。

成吉思汗生病急救第三天，葉片掉落，上面寫著「智慧」。

今天晴天，我又開了窗，他們倆各自走了快一個月或兩周。生命樹上又掉下來新葉片，今天是「Lucky」。

這是奇緣嗎？

當我正在書寫著這些奇妙小事蹟時，門鈴突然響了，送東西的居然又是大元建設，居然是任祥。

二〇一八年任祥的禮物是個如羅盤般的手繡年輪。

生命本是個奇妙的輪迴，他走了，風來了，我念了，新的年禮恰好抵達了。

多麼珍貴的朋友，多麼可愛的孩子。謝謝你們長達十六年的陪伴。

《二〇一七・十二・十九》

他仍被滿滿的愛包圍。

人們可以不相信奇蹟，但是某些事卻如此巧合。又是星期一，小甜點離開四周，成吉思汗兩周。兩個小天使都在星期一，都在上午，都在曙光乍現的時刻，離開。

這個星期一，收到粉紅色心形的玫瑰花，還有台大動物醫院寄給小甜點的信。照顧他們的醫療團隊，由李繼忠教授領銜署名，抒文懷念小甜點的體貼，看到心愛家人時快樂如馬達般驅動的尾巴，還有他想回家時可愛的任性。

我把這封信擺在懷念小甜點專屬的桌上，剛好又是星期一，清晨，風吹，一旁的生命樹奇異地掉下了「平靜」及「Happy」兩片葉子。

是貼心的他，知道我正經歷無比的痛苦，特別來安慰我嗎？

是貼心的小甜點，要我平靜、Happy？還是告訴我，他們已經很平靜且Happy？

我知道「死亡」，就是什麼都沒有了。

但總還有伴隨死亡的回憶、不捨、痛苦、留戀。一切不是那麼一刀兩

斷。在放下的路程中，我多麼幸運，擁有如此的奇遇。一陣風，在小甜點的照片上，留下兩片葉子，兩句多麼溫暖的話。

再見了，我的孩子，今天起，媽媽只給你們打奶泡……不再有食物了，因為，我們都得往前走。

再見了，我的孩子，再多想念，我們可能永遠不會再相遇。但是過去的十五年，你們曾經給我的幸福快樂，已使我的生命足夠飽滿。

再見了！再見！今年家裡的聖誕樹沒有花，沒有鈴鐺。你們轉身的一刻，世界對我已黯淡無光。我用閃閃發亮白色的燈，送別你們。紀念我們相親相愛這最後的一年……

《二〇一七・十二・二十一》

我的小孩們回家了。

感謝北投大地溫泉飯店師傅特別製作的薑餅屋，貼心地給小甜點、成吉思汗一個可愛的新家。

大地飯店的董事長曾經在星巴克咖啡館看到我帶成吉思汗、小甜點、Smokey、大哥大，我喝著咖啡，他們舔奶泡。客人們多半清閒，笑著看我被幾個孩子搞得手足無措。

感念所有這段期間，給我溫暖的人。

在歡樂綻放的地方。
我們聽見彼此的名字。
我親愛的孩子，
和月亮一起翩翩起舞，
隨星辰一起遊玩吧。
我們相聚時的狂想、快樂、回憶，那麼長，長到彷彿生生世世，
廣到街道和小店都曾因你們而陶醉。
何必苦苦記得最後的痛苦悲傷，

把所有的歡樂回憶疊起、翻閱、串起，彼此永不遺忘。

《二〇一七・十二・二十一》

我一生總是鍾情博美犬……

從美國到台灣，我共有六隻與博美狗一樣或是類似的小狗。

這個影片是朋友知道我傷心難過，甚至到了心律不整，傳給我的療癒影片。它應該是吉娃娃和博美狗的混合種。

長得完全像李敖大哥送我的「大哥大」。

大哥大可愛、甜心、膽小、貪吃。

可是偏偏他天生氣管塌陷，必須控制體重。從約一歲起，我已急救他百次，家裡也為他買了製氧機。然後他吸完了，換偶爾氣喘發作的我吸一下。彼此躺地上，他身體貼著我的肚子，可愛無比。

二〇一三年我因為免疫系統攻擊顱部，發燒近半年，台灣住院四十多天，在美國兩次手術。五月十日我剛剛從美國回來，時差還沒有調整好，有一晚，他連續發病，沒有人可以救他，他看到我回家，困難地走出他的小屋，虛弱移動，抱起他的人太用力，他當場心臟病發，我立即接過來，來不及了，他先睜大眼睛看著我，然後垂下來，躺在我的懷裡，離開了。

這個影片中的小狗可愛模樣，讓我回憶起大哥大太多有趣的小故事：

他偷吃比他還高的油條，他為了吃奶泡，克服出門的恐懼；他喜歡躲在自己的小房子裡睡覺，四腳朝天；他不准小甜點經過他房子的門口，衝出來罵人，他的罵聲卻像鳥在叫；某次過年時，我煮年夜飯，把他放在圍裙口袋中，他聞到佛跳牆的香味，又叫又嚷，差點沒有跳進湯裡。

唉！我天上所有的孩子們，媽媽現在要留下來照顧南禪寺、饅頭、史特勞斯。如果你們在天堂能夠找到彼此，一家好好團圓，你們已經是八斗星星了，相對仍在地上的我們，媽媽反而孤單了。

記得彼此照顧，記得幫我孝順外婆。記得，你們曾經快樂的一生。

《二〇一七・十二・二十二》

成吉思汗走後，第一次整理花園。醫院一直懷疑可能附近人家噴了農藥，風吹到家中的草木。那天天氣晴朗，他在花園繞行之後，當天下午即開始出現不舒服狀況，晚上已經變成急性腎衰竭。

過去每年十二月，家中早已種植聖誕花。今天天氣好，我把花園重新修整，種了一大排美好純潔的白色聖誕。

畢竟這個家不能一直停留在悲傷。

兩個小風車，代表我的孩子，用另一個方式，還在。

《二〇一七・十二・二十二》

這個傢伙太誇張。

我兩個年齡大的孩子一個一個走，只剩下國寶級元老南禪寺，目前已經十七歲。其他饅頭九歲，史先生約三至四歲。

冬季來了，幾次冷風颼颼，她小時候氣喘的老毛病就發作，於是每天讓她吸製氧，早午晚各三次，但她待不到五分鐘就抓狂。

籃子以前是小甜點專屬，用保鮮膜封住兩側，氧氣管置底，上面要打開，二氧化碳才能排放，小甜點以前總是乖乖聽話在裡面，舒服地睡著，如果醒來約十五分鐘才抱他出來。

這個老太夫人南禪寺，有時候吼叫，今天乾脆大抗爭……

國寶總動員。

《二〇一七・十二・二十三》

《史特勞斯語錄》

你不快樂的每一天都不是你的。
你只是虛度了它，
無論你怎麼活，
只要不快樂，你等於沒有生活過。
夕陽倒映在水塘，假如足以令你愉悅，
那麼愛情，美酒，或者歡笑，
便也無足輕重。
幸福的人，是從微小的事物中，汲取快樂。
每一天都不要拒絕自然的饋贈。

——費爾南多・佩索阿

《二〇一七・十二・二十四》

特別的平安夜 Party。

過去寫遺囑時，總是特別掛念如果我突然走了，毛孩子們怎麼辦？於是總留下一筆錢，拜託朋友幫我照顧毛孩子們。其他除了一部分不動產留給家屬，存款希望全部捐給公益。

結果每走一個孩子，就得紅著眼睛改一次遺囑。今天又改了一次，在平安夜時，一次刪掉兩個孩子。

換一個念頭想：至少當他們老去，我仍在他們身旁，照顧陪伴他們到最後一分一秒。送走他們固然很痛，可是如果是我先走，留下他們，他們更可憐。

平安夜，聽著耶誕音樂，幫我天堂的八個孩子辦聖誕 Party。

我的家人在天上，已經比在地面上的多了。

而南禪寺、尤其饅頭，聞著桌上香味……面容扭曲不解……猶如小時候的成吉思汗。每回有哥哥姊姊走，他就開始繞境大典，圍繞餐桌不停轉圈。

饅頭兩個眼睛已經看不見，走死守路線……一直待在餐桌旁。

兩個小時之後，他們至少吃到了烤雞胸白肉。南禪寺、饅頭，快樂地笑了。

所以，平安是什麼意思？

從另一個角度看，就是他們活著時，我好好照顧他們，他們離開時，我陪他們到最後。之後，永遠在我的內心，都有一塊屬於他們的角落。

這一生，成吉思汗除了最後五天病痛，他一直是平安的。

《二〇一七・十二・二十五》

望彌撒時間開始。

在家閱讀朋友贈送的書籍《When Breath Becomes Air》，聽著 Ave Maria 聖母頌。

深夜變天了，走進院子，剪下一朵白色茶花，放在一張英國維多利亞時期的木桌上。

白是純淨，是空，是寧靜。

拾級而上，我沿階梯看到曾經和成吉思汗相伴的玩具，小甜點走前每回陪他吸氧氣的娃娃，現在蠟燭仍微光閃閃。

小甜點走後，粉絲為了避免相同悲劇送的熱墊，後來成為南禪寺的最愛。

床頭左是兩個小娃娃，朋友特別挑選，希望安慰我的心。床右是以前 Baby Buddha 晚年瞎了以後睡的嬰兒床，現在躺著我五個小孩的骨灰。把心愛的藍色毛毯蓋在上面，希望他們不要著涼，毛毯上枕頭是成吉思汗的忠實盟友送的，除了顏色是黃色，像極了他的表情。

風聲在山區又鶴唳起來了，隔壁待售房屋的蘆葦蕩漾，窗外冷颼颼，

但這個屋子內卻充滿濃濃的溫馨。

不只我還有三個可愛的孩子，即使看似失去的，仍有那麼多美好的回憶，尤其他們十歲後，我刻意年年找專業攝影師賴岳忠替他們拍照留念……

雖然他們走了，仍留下玩具，留下記憶，留下故事。我可以慢慢地回想，回想第一次和成吉思汗見面的景象，他流著鼻涕，無邪地望著我，抱他回家後，每次擁抱，他總是出怪聲，不停舔著我的臉……有一回賭上了，看他可以舔多久，居然二十分鐘還不完，當然是我投降。依戀人的他，只要看到喜歡的人擦口紅，就開始哭，因為不想她出門……

十五年的故事說不完。

彌撒音樂聲中，我好似看到兩個孩子，真的隨風隨音符飄舞，飛到他們的新國度。

尤其我的成吉思汗，別號胖子，風大一點吧！把成吉思汗、小甜點一起送到最美的星星相伴。

飛吧，我可愛的孩子……

《二〇一七・十二・二十七》

我的狗孩子，共抵達七隻，還有一個在路上。

躺製氧氣機的，正是以前Bakery每次吸氧的姿勢。通常他會安靜的躺一段時間後，突然發現我和饅頭在吃白木耳，立即醒來，蹦蹦跑到我面前，我一定會拿一個日本淺碗蓋，倒過來，加些水，讓他大口大口吃。

其他小床上的六隻，各有造型。變成博美兵團，又博愛又美麗。

在路上的，聽說是黃色的，長得像二〇一三年五月十五日走掉的大哥大。

今天可愛的小花，天母Maisson Villa的老闆，親自送來兩罐法國精油，放在成吉思汗和小甜點身旁。

這個家，過了一個傷心的十一、十二月。

新一年，把悲傷成為想念，年曆翻過了，我得全力以赴照顧十七歲的南禪寺，和看不見的饅頭。還有，從小受盡折磨，卻沒有任何痛苦記憶的史特勞斯。

哦！史先生今天綁了兩個小辮子，好像呆瓜，可愛極了。

開始思考今年跨年，既然不出國，該在頂樓玩什麼把戲！

烤肉流水席？

帶著兵團看星星？遠眺煙火？

手扒雞派對？

《二〇一七・十二・二十八》

《南禪寺語錄》

我們都不是聰明的人，只能簡單單純的活著。我們身邊總是太多聰明人，他們總告訴我們該做什麼，不該做什麼。

但是聰明人忘記了什麼是樂趣，什麼是朋友；忘記了什麼是風，什麼是陽光；忘記了什麼是安寧，什麼是喜樂。

只有傻瓜才看得見上帝。

——卡坡蒂《聖誕憶舊集》

《二〇一七・十二・三十》

小甜點、成吉思汗相繼走後，我沒有掉一滴淚水。

我想哭，卻哭不出來。不只他們，眼淚，也離開了我。

昨日至台中掃墓，在外婆外公桌前擺了紅酒、茅台、粉紅香檳、白蘭地、台灣啤酒。還有我從世界各地買回來的禮物。小阿姨負責買花。

向外婆稟報，她又添了兩個天上曾孫……今天回家，我和外婆之間說不出來的特殊聯繫，頓時使我心情平靜許多。至少，我看到他們的照片，思念多於痛苦。

到了晚上，史特勞斯突然跳上床，咬了博美兵團中的其中一個玩偶，我忍不住對著他問：你為什麼要咬我的小狗？我的小狗死得好可憐，你為什麼還要咬他們？

接著放聲大哭，哭了快半小時，不斷向成吉思汗、小甜點道歉。

史先生嚇壞了，沒有見過這個場面，趕緊把嘴巴中的玩具吐出來，放下玩偶，跑至樓下躲牆角。

是的，一個多月了，我該釋放情緒了。

但也嚇壞了無辜的史先生。

哭完，擦乾眼淚，把他叫上來，給了他一個玩具背包，抱抱他。乖巧的史先生，背著玩具，先確定一下ＯＫ，然後在我書桌旁的沙發上，安靜地呼呼大睡。

《二〇一八・一・五》

今天是成吉思汗走了一個月……

不知道哪來的好心人還是冒失鬼，可能知道我一直處在沮喪情緒，今天我正好在亞洲大學講座，於是特別跑到她原來畢業的亞洲大學外文系，帶了兩隻狗，一個小成吉思汗，一個小饅頭，交給助教，並且告訴他們和我說好了，我已經同意，然後走人，留下的電話卻是空號。

起初我本來想讓他們先在台中亞洲大學動物醫院住一周，想想是否要帶回家，但是他們說如果我不帶走，他們只好留在亞洲大學動物實驗室，或是送到專門照顧流浪狗的動物醫院。

我於心不忍，深怕才不到三個月的他們感染病毒，下午上課前先買了奶泡，小饅頭吃得如瘋狂中獎。

到了傍晚，亞大仍然找不到送來的人，於是我把它當成天意，晚上帶著他們去台中「好狗命」買衣服、飼料、雨衣、咬牙木頭棒、牙刷，然後央請朋友帶我們坐車回台北。

一個小思汗，新名叫忽必烈；一個小饅頭，就叫忽冷忽熱，統稱忽忽集團。

他們有時互相親吻，想來忽必烈應該是和忽冷忽熱一起長大的。有時候從浴室打到客廳，夜晚在花園散步，一直惹南禪寺，和她搶床。南婆子警告聲四起。饅頭更氣，他看不到，但知道有「人」入侵……史先生一直被我抓著，好奇地看著兩個新玩具，不知史先生心中藏著什麼感覺？

前天才下決心，絕不養狗，因為我太忙，不是好媽媽。太常出國，沒有即時救成吉思汗，自責萬分。

但，這一切，就是緣份。

《二〇一八・一・五》

昨晚又接到胡德夫透過經紀人電話告知：胡德夫的母狗是西施及馬爾濟斯混血，生了一窩小狗，一個生下來走了，其中另一個小娃娃要送我，叫我不要再傷心了。

這位歌神，我們已經相識近四十年，我再怎麼愛他，也必須「匆匆」尖叫，立即回應：千萬不要！

只能謝謝所有人對我的關愛。我傷心太久，打擾了關心我的人，實在不應該。既然是緣份、心意，我會好好照顧新來的忽必烈和忽冷忽熱，希望我們彼此相伴到我八十歲！這樣想，眼眶有點濕濕的。

至於家中戰情報告：今天上午忽忽向饅頭黨主席朝拜，結果饅頭黨主席不領情，被饅頭吼了他一頓。院子裡小便時，忽必烈手腳靈活跳過南禪寺的尾巴（南禪寺十七年前也曾對我的老北京狗 Micky 做過相同的事，哈！）南禪寺怒不可遏，只有史先生可能心腸最好，遠遠看著他們，好奇但沒有、或者尚未憤怒。

兩個新孩子可能以前都關籠子裡，突獲自由太興奮，昨晚鬧了一整夜沒有睡覺，直到清晨四點。

今天上午八點吃飯，忽必烈則繼承了成吉思汗的傳說，吃飼料如吸塵器。

上午再泡奶泡給小甜點和成吉思汗時，告訴他們已經上天堂一個月，希望他們彼此扶持，不要害怕，盼望小天使們已經找到我的外婆，另一種團圓。

｜昨晚忽必烈在寵物飼料店裡找食物的模樣。

《二〇一八・一・五》

饅頭是全家對於新成員忽忽集團最不安的孩子。

理由之一：他看不見，他不知道這些怪物是什麼？

理由之二：近六年來，每日上午上三樓找媽媽，已經是饅頭的特別行程。哪怕我不在，他往往也守在樓梯口。即使後來他眼睛全瞎了，依舊如此，其深情其厚意，我和他都永誌不忘。

理由之三：由於新成員必須兩周後才能打預防針，因此必須和其他原住狗隔離。一樓太冷，只有史先生可以適應。二樓是南禪寺和大家吃飯廚房的生活空間。饅頭的地盤三樓，只好暫時徵收，讓給忽忽集團。

這對饅頭情何以堪，等於心碎了。

但他終究是個快樂的孩子，本來氣得中午罷吃水梨，下午開始思考何必跟自己過不去，於是有了仙人妙記，想出來之後，表情得意萬分。

他也搞了印太戰略，拉了一帶一路，哦，不！是一史一南，共同組成饅南史防線。

在全家最關乎生命的廚房，史先生守護入口，饅頭、南禪寺捐棄前嫌，合縱連橫三「人」行，阻擋忽忽集團入侵。

成功達陣後，饅頭得意地笑了，並且聰明地把他的宿敵南禪寺供為精神領袖。

《二〇一八・一・七》

今晚錄影結束，準備打地鋪，和忽忽集團博感情。正如過去每隻小狗剛來我家的時候，還沒有訓練好他們大小便，要他們聽話，這是我向來最快的方法。

結果兩個忽忽，簡直忽悠我，我一把年紀，躺地上本不容易，他們卻把我的睡墊當擂台打架。等燈一關，又全部跑到自己喜歡的角落，例如櫃子、椅子底下睡覺，沒有人要理我。

幫他們買的床，也看不上；小甜點留下的床，亂抓一通，還是挑選了全屋最昂貴的佛羅倫斯老木櫃底下，等我一關燈即躲其下，呼呼大睡。

好吧！算忽必烈有眼光。

而事到如今，我老太婆也不必再克盡母職，索性回床上安穩睡覺。

不過一關燈，他們從瘋狂擂台主立即睡著的情節，讓我想起二十六歲時養老佛爺（Baby Buddha）的往事。當時的她，每晚好像滾雪球，跑來跑去，等我一關燈，不到一分鐘，她已睡著，而且四腳朝天。

那可是三十四年前的往事了，當時的我，那麼年輕，Baby Buddha 只有巴掌大。對未來我充滿憧憬，相信這個世界會從歷史中不斷成長。

當然之後的人生，我一步一步失望了，而 Baby 活了十九歲快二十歲，標準狗瑞，她在我四十五歲時走的。那個日期如此鮮明，二〇〇四年八月十日，上午十點十分……在我的懷裡伸出舌頭，斷了氣。

我哭了很久，她不只是我的孩子，她是我的知己，陪伴我的青春歲月，也是目睹我從憧憬到失落的見證者。

她走的那一年，我老了許多。

半年後，我決定和過往的事一一斬斷，於是開始《文茜的世界周報》主持及製作工作。

她走了以後，我終於理解自己的渺小，能力的有限。我的偶像不再是亞歷山大大帝和邱吉爾，而是啄木鳥。我想當一隻啄木鳥，在一個角落持續努力……

她的離去，使我如失去了翅膀，我不再相信或是錯覺自己可以飛翔。但是我改變了人生觀，比過去更相信腳踏實地，也要求自己做到。

三十四年了，雖然忽忽集團不是我挑選的狗，卻奇蹟般的勾起了我的往日情懷。

歡迎，我的兩個新小孩，忽冷忽熱和忽必烈。

我會好好愛你們，這次是我們彼此相伴到終老。

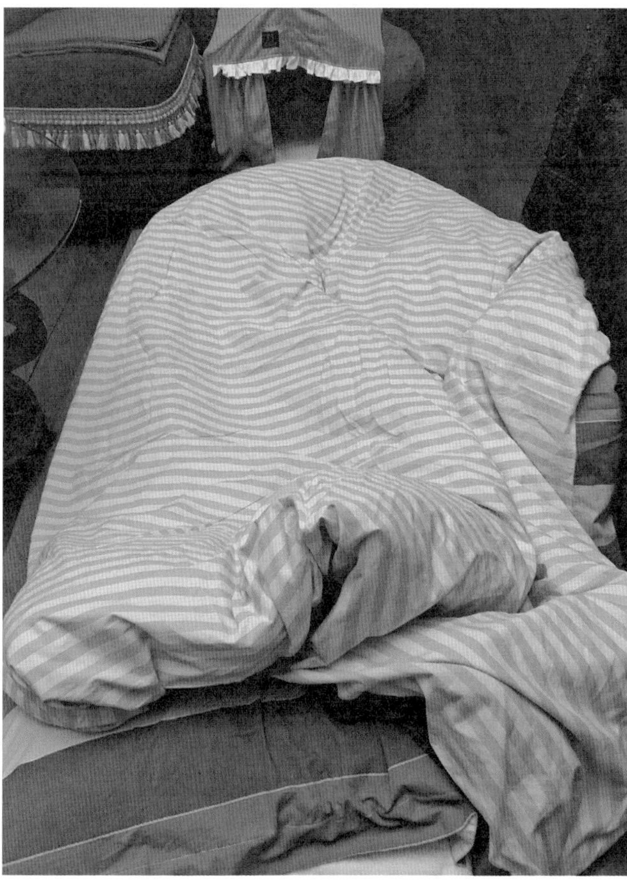

《二〇一八・一・七》

點上煤油暖爐，燒壺水，饅頭坐我腿上，母子取暖。

今天寒雨，剛好不出門。這一家來了忽忽集團，饅頭的心情悠悠之間，有種悲傷。他的三樓被佔領了，因為沒有打預防針的小狗必須隔離。但他不明白，這幾年他執著了那麼久，怎麼突然之間，改變了。

誰是闖入者？與其追究，不如給他更多陪伴。外面的天氣愈來愈冷，爐子裡的火愈燒愈旺，我告訴饅頭，小時候沒有暖氣，大家就是這麼過的。

水滾了，饅頭的身上暖暖的，笑容燦爛。這個世界不怕外面冷了，就怕人的心冷了。

《二〇一八・一・十一》

請記住，快樂的人，不是沒有痛苦，而是不被痛苦所左右。

——忽忽集團深夜瘋狗秀

《二〇一八・一・十二》

我沒有逃過死亡。

一月十二日晚上十點半，南禪寺突然嘔吐，全是白色物質。她全身發軟，舌頭變白。

我抱著她，先擦乾她的身體，然後第一時間給了她氧氣。

由於事先沒有任何徵兆，會開車的祕書之一剛剛才離開半小時，手機沒有開。還好山下另一位祕書和她先生攔車上山載我們，我們三人分別帶著氧氣瓶、備用氧氣、所有她的藥物、衣服，我抱著南小姐奔至台大動物醫院。

上次離開那裡是十二月四日，那是成吉思汗走的清晨、我的心碎之日……，我再度走入紅磚建築物，身體的反應很自然，心律不整、胃痛一起發作。

然而送醫急救過程中，我卻不斷安撫大家：「她的身體已經不再虛脫，頭會抗拒氧氣，血壓應該已經慢慢回來，南禪寺可以度過，大家不要哭。」

那一刻我聽到自己的聲音溫和又篤定，像另一個飄浮空中的音頻，與我有關，又似乎無關。

到了急診室側門，我不再慢慢說話，直接抱著她使力奔跑。我知道我們都跨不過某些命定的結局，可是我想跑過這一次的悲劇。

這個家，過去不到兩個月，已經走了小甜點和成吉思汗，這個家已經流了太多眼淚，我想跑贏它，讓悲劇追不上。

值夜林醫生驗血結果，南禪寺的血溶比指數只有一八％，一般狗正常值的一半。過去三個星期，她好不容易才從二一％拉到二三％。

正確地說，南南已經得了致命性的溶血症三年又四個月。我立即打電話給專業配血的先生，他當然記得我，上回他的大貴賓捐血給成吉思汗，幾年前南禪寺病危，也靠他的協助。電話中，他問我記不記得南禪寺上回配血是大約什麼時候？我立刻回應：二〇一四年九月二十八日，他非常驚訝我背得那麼熟悉……記憶力如此之好。

這不是記憶力，這就像母愛。每個母親都會記得自己孩子若不幸重病，那個發病的日子。你視她為孩子，她的疼痛，就是妳的疼痛。

這三年多，南禪寺幾乎天天進出醫院，但是喜歡坐車兜風的她，樂得把到醫院打針當旅程、當樂趣。她早已不怕。

於是我和她，漸漸把上醫院、看病，當成日常行程，好像吃飯、睡覺一般，而且幻覺會一直如此持續下去。

回想起來，人對某些悲苦有逃避的本能，何況是「南霸天」。她在我的心中，永遠都是囂張小嬰兒，行為舉止也如小瘋子。我如何認知她的老？接受她的衰？

那不是理性認知可以解決的。

在醫院等待期間，發現自己忘了帶她明天的早餐，於是又再回到山上，再次下山……，沿路剛好幫辛苦照顧所有毛小孩的醫生、醫院助理，買份豆漿燒餅油條。熱騰騰的是我的感激，不是食物，是他們在我無助時給予我的溫暖。

交代完所有細節，離開時，南禪寺一方面怒氣罷食，一方面對自己被關在籠子裡哭鬧不停。

孩子，媽媽捨不得你，但是今夜，這是可以把妳照顧得最好的地方。請別生我的氣。

一個人走出台大動物醫院，已經凌晨三點了，我忍不住也開始大嘔吐。涼風一點也不溫柔地吹來，我真想問天地，需要這麼寒冷，才足以考驗試煉我嗎？

上了計程車，再回山上，另一隻大狗史先生在門口迎接我。抱著他，暖暖的，痛痛的，但我還是沒有哭。

我對著門口一株白色茶花合十祈禱，老天，請不要如此試煉我。我沒有那麼堅強。

我，只是一個流光了淚水的母親。

《二〇一八・一・十六》

這堂課，看起來將是我終生難忘的冬季之痛。

成吉思汗走後一個月又八天，小甜點走後一個月又二十二天，接著是南禪寺。

收起痛苦、逃避，我心裡已經做了準備，告訴自己：南禪寺或許不會活過這個星期。

我也明白，縱使她度過這一關，那一刻總會而且不會太久就會到來。畢竟她已經十七歲了，而且慢性重病超過三年了。

從脆弱中，我慢慢地覺醒，毛孩子的壽命本來比我們短，固然密集的失去，是徹心之痛，但是我願意冷靜、平靜地接受一切答案。

我能做的，就是取消所有能夠取消的行程，陪伴南禪寺，減少她的痛苦，多給她安慰。昨晚甚至偷偷趁著天氣好，拔了針，從醫院偷溜，帶她坐車兜風。

她兩個眼睛圓圓的，看著我，好似想告訴我什麼。「媽媽，我好痛，幫助我！」或者「媽媽，我不想再撐了！」接著即使在她最快樂的搭車旅程中，她仍然哭泣，哀嚎。我知道她一定有什麼地方，正在疼痛著。

回到醫院，剛巧蘇璧伶教授在，她親自為她換針，才發現她全身血管已嚴重過敏，立即打類固醇，然後南禪寺才大喝水，有能力站起來，接著尿崩。

我問醫師，我是否該放手？醫師回：她是個生命鬥士，目前所有的指數都比上周六好轉，給她機會。

於是，我決定一切順其自然。

最重要的是，我要讓南禪寺知道，從遇見我的第一天到最後一天，她都在我們全家對她滿滿的愛之中。

生命有誕生，有死亡。但愛的回憶，是永恆的。

我們之間的愛，不是咆哮的海，它是溫柔的波浪。此刻大地和天空還擁抱著我們。

親愛的孩子，靜靜地睡吧，正如當年妳到我家小小的模樣，在久久的啼哭後，安息於愛的搖籃之中。

《二〇一八・一・十九》

《南董事長醫院遛車》

一月十八日下午六點二十一分，南禪寺突然休克，我剛好在台大動物醫院大門口，用最快的腳步衝進病房，以我自小急救她的方式，把她救回來。急救醒來後，她焦躁不安。深夜十點，我不管之前發生了什麼，經由醫師同意，帶她坐車，逛遛車河十五分鐘。這是她一生的守候。車子發動不到兩分鐘，她已平靜地深沉入睡。

夜間二點，我才剛剛回家，吃了安眠藥，立即接到電話，南禪寺可能鉀離子含量不足，癲癇又發作，醫院正在急救，但她沒有休克，我立即下山……她聽見我的腳步聲，開始大哭，我用跑的抱起了她，一邊唱歌，一邊安慰她，「我們很快就會再坐車，寶貝，不要哭。」於是在我的懷裡，她打了鎮定劑，開始休息。

事實上，兩度經過鬼門關又回來的南禪寺，今天收到一個特殊禮物。住院一周了，她毛髮混亂掉落，但看見有了禮物後，眼中出現彷彿得救的眼神。

這好比旅行者在迷路的森林陰影中，看見了溪流清水。

送禮物的 Ella 姊姊說：「我的小寶貝，妳的心兒雖然仍有疼痛駐停，但在妳一生甜蜜的回憶中，即使現在妳仍然可以馳騁沙場。」

孩子，我看見了你病痛住院後第一次喜出望外的歡喜，勝過淘金者發現燦燦黃金的歡愉。

隔壁病房問：「她憑什麼技藝，才能贏得這不朽的獎品？」

因為她，南禪寺，一直是一個真誠的姑娘，她如此勇敢堅強奮戰疾病三年又四個月，如此勇士，我們怎能不獎賞她？

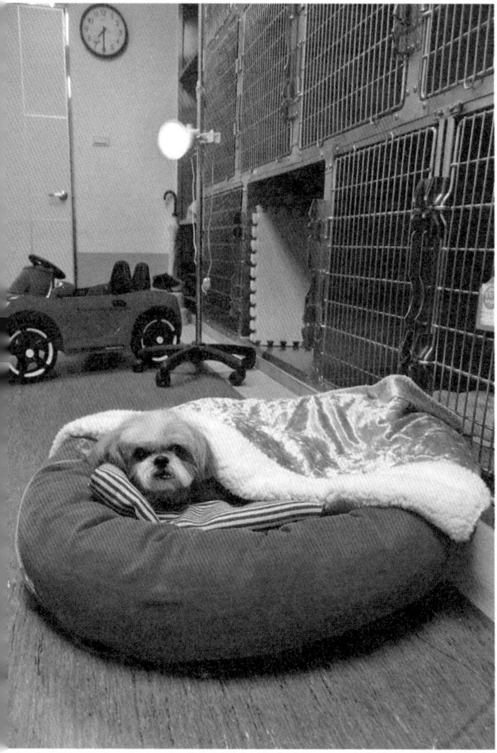

《二〇一八・一・二十三》

最好的一二三自由日。

南禪寺終於度過病危階段，可以晚上請假回家，明天上午十時再回醫院「上班」治療。

過去十一天，台大動物醫院日以繼夜照顧她，尤其蘇璧伶教授幾乎都沒有睡好覺，清晨七點起來給醫囑，每日下午、深夜來看她。

事實上她六天前曾經休克，停止呼吸五分鐘，我到場時包括蘇教授在內至少八個人合力急救她，把她從鬼門關拉回來。半夜二點癲癇發作，台大團隊及蘇教授又是立即處理，深怕她又休克。

我曾經詢問蘇醫師，是否該放手，她說到了時間，她會告訴我，不會讓南禪寺痛苦。

今天晚上十一點二十五分，南禪寺終於回家。起初她不敢置信，然後快樂地巡邏，看到饅頭搶食她的雞肉，她雖然沒有胃口，還是把鼻子湊上去，瞪他一眼。

史先生及饅頭對於南老大回家，都非常高興。倒是忽忽集團，因為預防針治療還沒有全部打完，立即被遣送回三樓。

歷經小甜點、成吉思汗的離去，我只盡力，不強求結果，沒有想到她可以在病危中，一路輸血、打血漿、尿崩……然後還算安穩地回家。

我永遠感念過去十一天所有不同方式幫助她的人，包括送她跑車的Ella姊姊，尤其我的工作同事們辛苦的照顧。

今天她回家，先試我昨天特別為她準備的新床，似乎相當滿意，且立即睡枕頭。

半夜十二點，吃了宵夜台灣鯛魚飯，十CC低脂牛奶，一些水，撒了一大泡尿，在家走一大圈後，開心地躺新枕頭上，快樂的睡著了。

這個新床，是我為她改造的「氧氣聖所」。過去所有幫助她的，都是她的恩人。

《二〇一八・一・二十六》

《我的偶像：短尾白的家》

請相信這個溫暖的家。
這裡雖然很小，但是單純又天真，
它是我一生最好的歸宿，
也是你們的毛小孩無助時，最好的照料之地。
即使有一天真的不得不離開，
我只會堅定地對我的老友道一聲「再見」，
我已了無遺憾。
因為在這裡，
我體會到人們對我無所求、無保留的純真之愛。
人們說這世上已沒有真情，
山盟海誓也一文不名，
如果你也這樣感覺，
請到我幸福的小家居，
我一點也不這麼認為。

住院部

你不必同情我，也無須擔心我。
我記憶中在這裡的每一天，
都是溫暖，都是真情。
當然，這個家來來去去的狗，
沒有一個願意和我山盟海誓，
他們大多已經享有很多愛和自由，
所以害怕成為我的鄰居。
但我的家並非遙遠的異域，
你其實不必恐懼，
這裡偶爾有嫵媚醫生，
嬌美小姑娘、帥氣造型男，
看看我，始終在這裡如何被呵護被珍藏，
哦！我必須坦承，
最早我也曾萌生對某個過客璀璨的愛情幻想，
後來我逐漸明白，他們都會離開，
他們只是過客，這裡不是他們的家。
於是我不再執著，

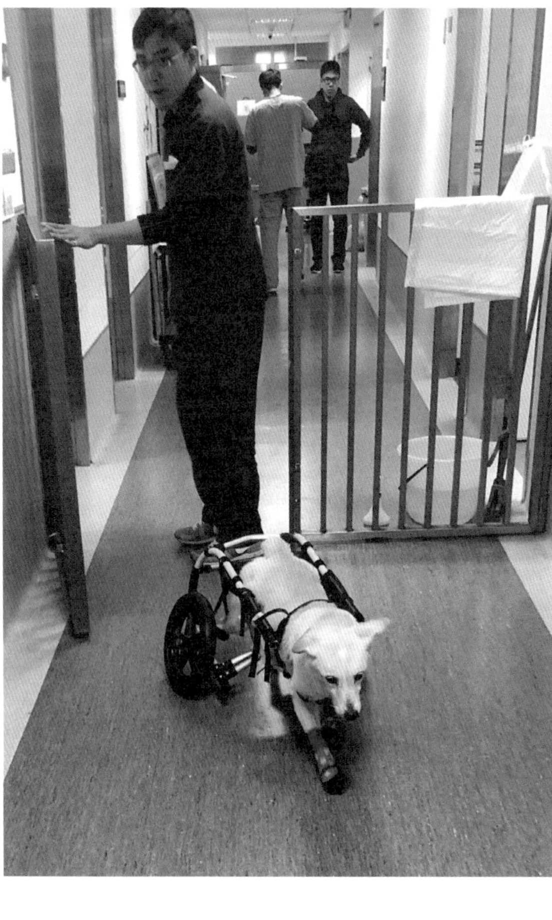

決定把冰箱中的食物，
當成我今生今世，
唯一的北斗七星。

《二〇一八・一・三十》

我們都知道她的生命在倒數。

這樣就必須流淚嗎？當妳剩餘的日子不多時，你更要讓自己快樂。沒有人可以戰勝死亡，但你可以克服它帶給你的恐懼和悲傷。

所以抱歉，死神，我知道你會來，但，對不起，我們和她、她的醫師，暫時不想理你。我們珍惜所有的一分一秒，不只是現在，不只是僅餘不多的未來，還包括她曾製造的笑話、永遠愛坐車的執著，那些點點滴滴的過去。

今天上午扎針灸十多針後，她的疼痛減少，於是生命鬥士南禪寺，在動物醫院參加了Ｆ１超跑，女神！

《二〇一八・二・二》

你要知道，比美好更美好的事是：你本來在等待死亡，卻仍有美好的事情一一發生。

一個想祝福我的朋友，
送來有根無土的蘭花。

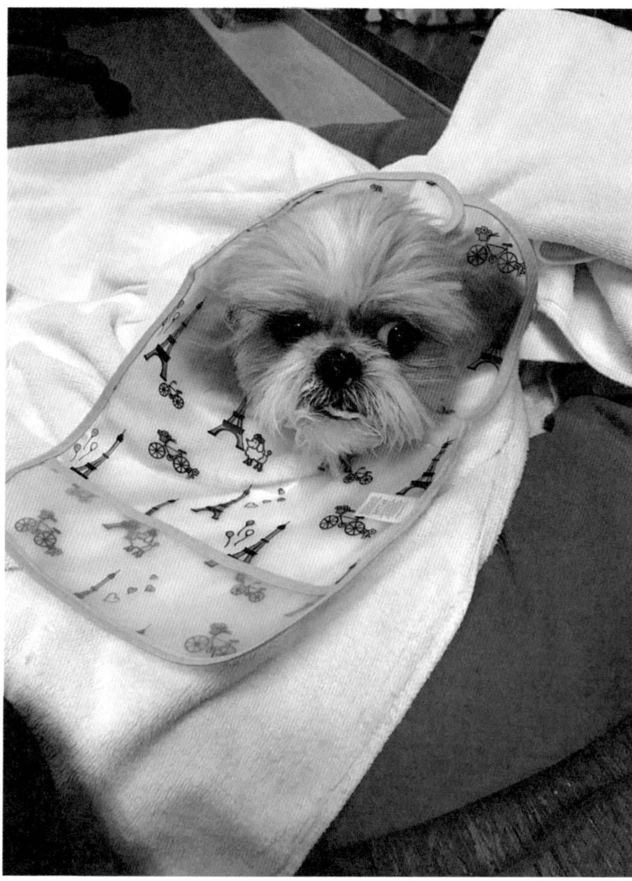

南禪寺每天晚上從醫院請假回家，
史先生忠誠守候。

《二〇一八・二・三》

南禪寺一月十二日住院後，一恍神，一個月過去了。其間最痛苦的時候，她曾哭叫，現在她漸漸的習慣靜脈注射，偶爾針歪時她會委曲的微微哭一小聲。拆針時，她會恢復南霸天派頭，大搖大擺，在台大動物醫院巡房，順便巡視其他的動物，奇怪的是，她經常有意無意地特別走到成吉思汗最後離開的病房。

而再過一天，成吉思汗就走了兩個月。我買了一個大巧克力禮盒送給他，盼望我的心肝寶貝在天堂吃到此生他一直不了解、他的媽媽經常抱著不放、絕不分食他的神祕巧克力是什麼。

比起小甜點、成吉思汗，南禪寺給了我更多時間，體會「擁有多麼珍貴」，並準備「失去必然會發生」。

她的每一天都不容易，疲憊、痛苦、偶爾休克、沒完沒了的點滴……其實將來有一天我們老了也會這樣。她的衰老，比我早離去，本來就是天注定。她只是用一種最孝順、溫柔的方式，提醒我，生命多麼的無價。你病痛的熬過一天，也是一天；你任意揮霍的一天，也是一天。

小的時候，毛孩子是我們的玩伴、情感互相依賴；等他們老了，他們

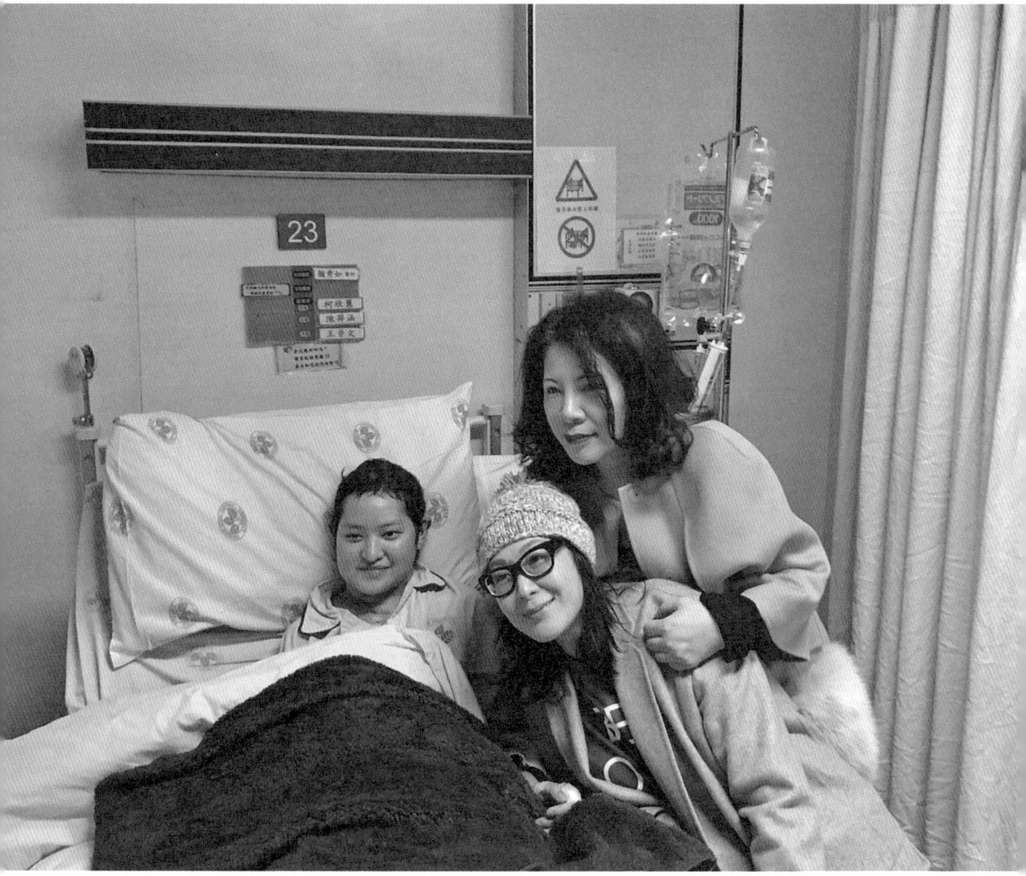
23

用虛弱、疼痛、不捨告訴我們，重新想一下，生命中什麼對你是重要的？什麼是毫無意義的？

我近期偶爾看到一些台灣新聞，實在不得不搖頭。

我對人在權力及舞台上展露的卑微，很感嘆。原來慾望可以使一個本來很有能力的人，變得如此飢不擇食，而且非常愚笨。

渴望成功，真是人性最大的咀咒。

當我們老了，頭髮全白了，我們還會在乎這些嗎？閉上眼睛，道別世界時，我們又能帶走什麼？

就在南禪寺住院二十天後，我收到一個父親的訊息：他罹患罕見骨癌的小天使孩子在一月二十八日走了。

二〇一六年六月我在榮總採訪她時已經化療，準備開刀，接著爸爸私訊我：復原得不錯。我寫了一小段話：「她以生命的搏動，教會我們大家學會生命中所有的點點滴滴，都該感恩。謝謝她，也心疼你們一家的苦。」

最近我知道小天使病情急轉直下……以為舊曆新年前拜訪兒童癌症病房時，還可以見到她，至少送她一個特別的禮物，但她先走了一步。

這段時間的經歷教會我一些事：沒有什麼事情需要等，沒有任何生命你可以一直留得住，你唯一能做到的是：珍惜分分秒秒。

別揮霍生命。
別為了一時無聊的慾望，讓自己的生命過得如此不值。

《二〇一八・二・十四》

《南禪寺・情人節》

動物醫院，是生命百態的學習之地。

南禪寺從一月十二日病危至今，整整一個月又兩天。

當時抱著她急衝台大動物醫院，我的心淌著刀割般的疼痛，只是靠著一股莫名的毅力，冷靜地面對一切。

回想起來，那一夜好像世界末日。

進了醫院，是的，我的孩子病危，陪伴了我十七年的瘋婆子，虛弱得不能動了。而我才剛剛莫名走掉兩個小孩。

我，必須承受，但又如何承受這一切？

一個月過了，我問自己：如果把「我」這個字拿掉呢？

這裡有流浪半生，癱瘓十一年的短尾白；這裡有因為脊椎受傷被主人棄養的「碧霞」，這裡有主人自己病危，兒女不見得願意繼續承擔責任的可愛馬爾濟斯……他們像眾生百態，像托爾斯泰所說的：「每個不幸的家庭，各有不同的故事。每個幸福的家庭，故事反而千篇一律。」

如果把「我」拿掉，南禪寺可能是全醫院裡最幸福的孩子。她有病痛，

吉祥如意

但她換算成人的年齡，也是「太夫人」地位級別。只是她烏溜溜的眼珠，一臉無辜模樣，我們總把她永遠當成是小寶貝。

如果把「我」拿掉，在眾生中，她沒有煩惱，只有嫉妒。她不必工作，沒有金錢壓力，沒有社會包袱，她已經是自己生命中的「老大」，活在自得其樂的世界，休管他人的眼光，也不必向任何人交代：她為什麼那麼愛坐車？

兜風就是她的愛情，不需什麼修行，她的慾望來到我們家，適才適所。而她只爭當下：對不起，當下小姐要搭車。

所以如果把「我」拿掉，眾生之中，她幸福無比，一部分是我給的，一部分更是她自己給的。因為她的慾望很簡單。

過去三十二天，我沒有一天離開她。病危輸血期間約半個月後，每日晚上請假接她回家，上午送她回去住院。來來去去之間，我感激她忍著疼痛，一關又過了一關，前腳血管都是針扎。但她忍下來，熬過去，謝謝她讓我有機會為她奔走，為她勞累，尤其讓我在醫院認識了她的同伴，看到了更多眾生。

如果把「我」拿掉，我們的苦，比起別的狗面對的生命挑戰，不足為苦。

現在每日晚上，我會為南禪寺準備三個便當。一份雞肉泥，一份魚泥，

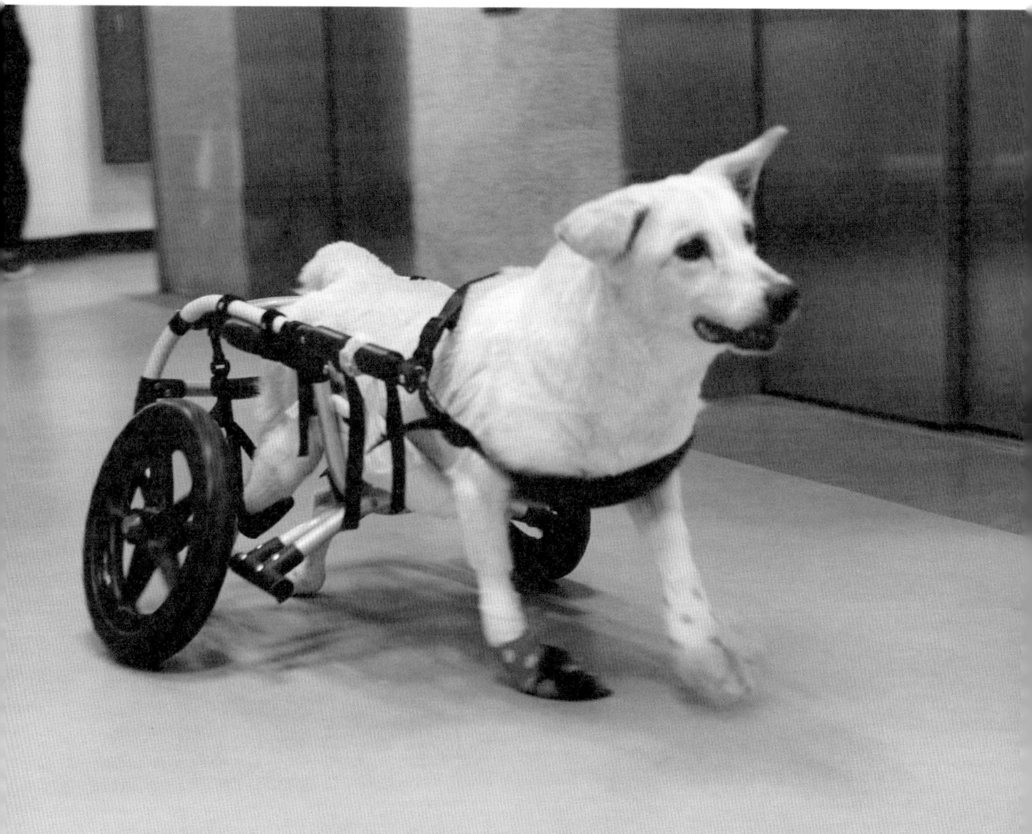

一份牛肉泥。

我幾乎每日到市場想辦法買油少的菲力牛排，一天往往只買得到二至三塊。因為沒有油花的牛排，一般人吃了不入口，市場上不多。

但每天晚上我都多打一些，雞肉多的，給癱瘓的短尾白；牛肉多的，給脊椎受傷的碧霞。當我每天絞盡腦汁想要取悅南禪寺的食慾時，另外兩個苦命孩子，卻開心的等待南禪寺剩餘的便當。

在動物醫院，有些狗好些了，便哭鬧著要回家，只有短尾白，認命開心自己的小窩：只要有得吃，嘿嘿，她即快樂無比！

春節到了，我幫短尾白訂了她平生第一份年菜，還在她的小窩貼上春聯。

三十二天了，南女士不只漸漸適應這裡的日子，還「愛上了」短尾白。

一個公主，一個乞丐王子，她是佩服他的勇氣，還是……

情人節這一天，我好奇這樣的狗童話故事，會有什麼結局？

為南禪寺送短尾白情詩一首：

「黑夜，帶著你的食物夢
在星辰靜靜的燃燒中到來。
白天，我微笑著從你的身邊走過

這裡沒有家中狂熱的玫瑰，讓我幾乎難以呼吸。
如今我思念著夢幻般的二月，
思念著你，這是我的愛情告白。
我想在妳的身邊，
為妳燃燒上千年的夢幻食物。
如果約會不是幽會，
在醫院裡我們就把藥水當成暢飲吧！
乾杯之後
我們的選擇不是手牽手
一起回家，
而是繼續在這有點寂寞又有點溫馨的地方
相互陪伴。
親愛的新老情人，我們雖然都老了
難道就不能愛了嗎？
這春意已濃濃了
陽光灑在
情人節的白天

太陽就是祝福我們的大燭光
我們一起走過
老、病、及偷來的歡愉。
瞧！那些街上走過的年輕情侶
為了點小事氣呼呼的臉龐
他們手中
還佯裝拿著鮮豔的玫瑰花
多蠢啊！
就讓我在這
午夜的大街上
為你獻上一塊上好的肉吧！
今夜妳是我最好的情人。
再唱首老情歌吧
儘管我們才剛剛相遇
媽媽說
患難中的愛情最真實
儘管我的生命剩餘得不多

但請接受我永難忘懷的愛：
請相信，它一定比玫瑰晚凋零。」

《二〇一八・二・十五》

平昌冬奧延長賽：台大動物醫院篇

南禪寺打點滴開超跑，和台大動物醫院院狗短尾白後腳癱瘓裝輪椅，短跑比賽！

比賽結果：金牌得主，今晚除夕有「牛排」。

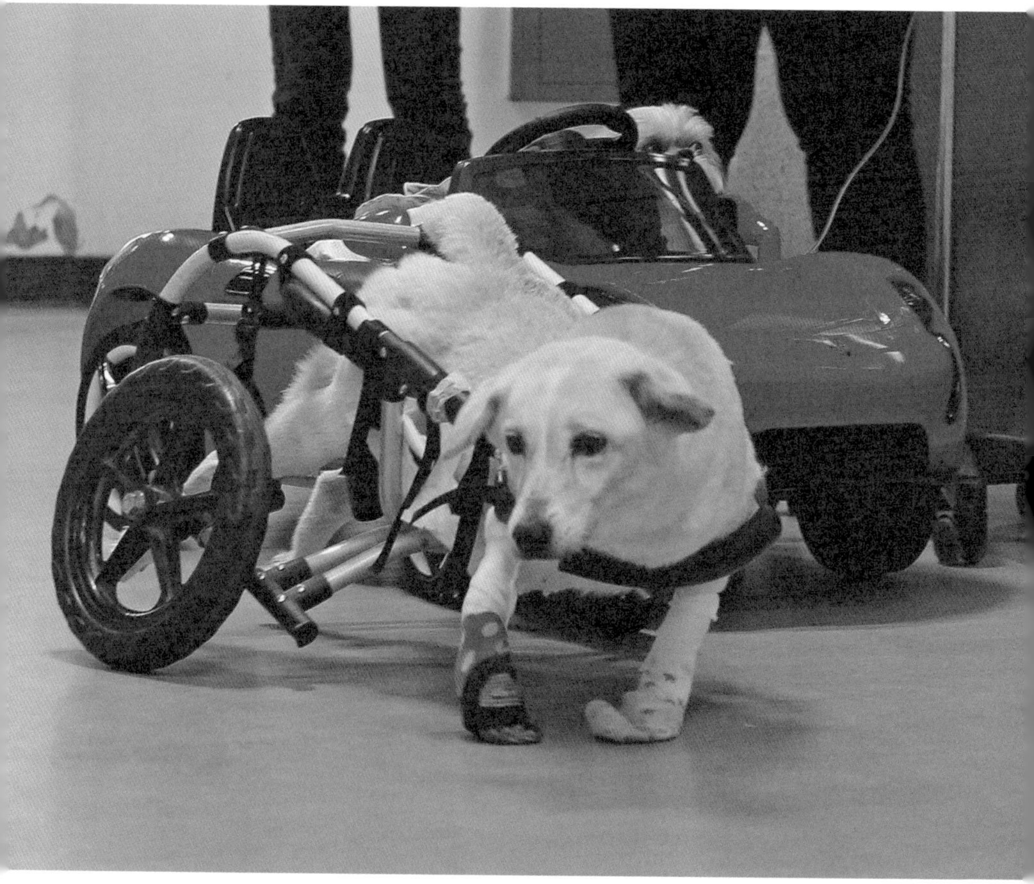

《二〇一八・二・十六》

《珍惜篇・這一年》

自去年起，我突然間明白年夜飯是要和家人團聚的，不是供我趁機到各地玩耍的。

是預感嗎？去年第一回狗圍爐，那時孩子雖然陸續走了幾個，家丁還算旺盛，加上Nicokidwoman回娘家，好不熱鬧。

去年，南禪寺雖然已經生病兩年多，但尚未走到致命腎衰竭；饅頭一隻眼睛已看不到，但還沒有全瞎。圍爐時，饅頭幾回爬到桌上，毫無教養。

而小甜點看了著急，怕饅頭吃光所有食物，亂動一通，剛巧遇到了一個買椅子只管美觀不在乎實用的媽媽，立即摔倒地上，還好沒有受傷。

成吉思汗大汗親征，他才不屑爬到桌上，也沒什麼好著急，就仰天長嘯叫罵粗話：我的飯？我的肉？拿下！

當時的場景，如今仍歷歷在目。

一年了，我並沒有一切轉成空的遺憾。遺憾，是人生最不必要的情緒之一。因為它真的於事無補，挽回不了什麼。

今年小甜點走了，成吉思汗跟著走了，南禪寺除夕日象徵性回家一下，接著下午五點便回醫院靜脈注射治療。

她的圍爐菜是點滴配牛肉泥、台灣鯛魚、雞肉泥。與平日不同，她今天的牛肉泥和打的是上等日本青森蘋果。

我沒有遺憾，只特別覺得珍惜。珍惜去年那一刻，更珍惜今天南禪寺短暫的回家。我心裡非常明白，這是她最後一次參加圍爐，也是她可以陪伴我的最後一次。我不必哭泣，我充滿了感激。感謝台大動物醫院，尤其蘇璧伶教授。

人所以會強調「當下」，「珍惜當下」不停地被提起，往往是失去以後的明白。明白了曾經的那一刻，多麼珍貴。所以當人提起當下二字時，往往當下已經過去。

我非常感謝去年的決定，即時認知我的孩子最需要的是媽媽的陪伴。即時和成吉思汗、小甜點，人生好好最後「乾一杯」（牛奶奶泡）。

今年圍爐當然冷清些，成員還少了Nicokidwoman，她的媽媽怕我們因為南禪寺太忙，沒有讓她回家。至於新加入的忽忽集團，兩個傻仔，還搞不清楚餐桌上是什麼狀況，椅子這樣高，坐這裡代表罰站嗎？還是賞賜？

精明伶俐的忽必烈，一直往後靠；一頭怪毛的忽冷忽熱，名符其實，

既聞到濃濃香味，又搞不清楚這和他的關係是什麼？

至於那位高大傻的史特勞斯，則滴了滿桌口水。饅頭，看不見，也上不了桌。

小吃美食之後，終於晚上六點半準時開放全餐。那一刻，大伙一字排開，我們家突然成了和諧號，大伙埋頭苦幹，再也沒有打擾彼此。

《二〇一八・二・十七》

他們說：院子是杯酒，方寸解憂愁。

南禪寺從醫院請假回家巡視花園，順便看了魚一眼。對於她不在家的這個月，
家中其他弟弟，特別是忽忽集團，把平整的細石踩成亂石，頗有微詞。

《二〇一八・二・二十》

《南禪寺生命三十：Part 1》

親愛的，夜雖已逐漸過去，你的病情慢慢穩定，但我們都知道它沒有痊癒的一天。那是上天的憐憫，也是妳以勇敢的鬥志，賜予我的禮物。

不久的將來，有一天我仍會失去你，而且我將是那個避免妳疼痛，做決定讓妳結束生命的人。

關於你的點點滴滴，在我的夢中將永遠永遠會縈迴，直到我也走了。

如今我想為妳做一件事：如果妳的壽命不到五十天，如果妳還可以慢慢走路享受一點快樂的日子不到三十天，我該為妳做什麼？

我決定幫你列一張生命三十的清單。

未來的每一天，對妳對我都非常寶貴，我不會離家，我會一直陪著妳直到妳真的離開。

在此之前我想帶妳自己開車，在花博公園，在社區。

終於熬過了，也等到了春天，妳可以開著小車車，在櫻花盛開、杜鵑綻放時，隨著春天徐徐的微風，享受飆車的樂趣。

我們還可以去海邊，你曾經喜歡沙灘，我還因此懷疑妳是否上輩子是

水手。每回我們到金山海岸的白色菓子店，你都會迫不急待站起來，揚頭吹海風。現在妳可能會沒有力氣，但媽媽會用手撐起妳。我親愛的寶貝，海那麼遼闊，那麼無邊無盡，海浪如此不吝惜地拍打，定時向我們打招呼，這就像我們彼此的感情，不論發生什麼，它都不會終止。

我還有一個計劃。帶你去一間竹子湖小屋；那裡有夜景、有地熱，你不會感到寒冷疼痛，我們生火，妳坐火爐旁，享受說不出的暖意。那一夜，我將把所有妳可以吃食的食物烤成香噴噴的串燒，然後和你互乾奶泡一杯。謝謝妳才一個月即因緣到了我家，至今十七年，這十七年半我們彼此永恆不變的相依相伴。尤其在成吉思汗、小甜點走後，你給了我那麼大的力量和啟發，超越也放下他們離開後的痛苦。

孩子，妳從來沒有去過我的故鄉台中，我想在妳一穩定之後，帶妳走一趟。去媽媽為你們準備的新家，去見撫養我長大的外婆。如果這一生你是快樂的，那是因為我把外婆教養我的方法，教養你。所以這一生，你活得無拘無束。

去台中，另一個原因是去年冬天台北太冷，當時天真的我以為天氣冷了，你們年紀大了，都該去溫暖乾燥的地方，結果房子剛剛才可以住人，今年冬天，小甜點、成吉思汗皆相繼走了，妳很快地病危，必須住院，而且當時情況危急。但台中的家是一個為你們和逐漸年邁的我，共同準備的「冬宮」，媽媽希望妳可以到台中，在那裡，快樂地過一天，吃美食……只要一天。

《二〇一八・二・二十一》

《南禪寺生命三十：Part 2》

我在傾聽……傾聽妳最後的生命步調。

我在失去你的痛中，決定用歡樂來沖淡那一天的到來，那個必然的刺心之苦，我不逃避，我知道，也接受。

如同一口祕密的井，我不知道井下還有多少水，我們還有多少日子，可是我不願意在這最後的日子，你看到的我只是沉浸在悲傷。因為這一生，你是如此快樂！別讓眼淚改變了快樂頌的曲目。

我的血液在喃喃低語，不要被淚水打敗！那口井，不需要再勉強增添什麼，這十七年裡，妳鬧盡的笑話、妳獨特的脾氣、妳永不投降的骨氣、和斜眼瞪人的表情，已經足以使我回味到我老去（不好意思，有人說你這些怪胎行為是遺傳了我）。

妳的生命力始終無限，每日上午固定找媽媽，吵鬧要抱要吃零食，然後一溜煙，你準時地好像一個會看時鐘的小狗，十點正一定坐門口等司機，司機也都嚇得不敢遲到。上班第一件事，即先帶妳兜風，否則妳便來個仰天長罵，你的綽號因此叫南董。

而妳住院、還有春節在家時間，幾位每天與妳相依為命的司機大哥，全回來看妳。妳擁有的愛，一直這麼多。

所以如果妳還有三十天，可以慢慢走路，我希望妳繼續享受快樂，直到最後。我願意一一幫妳圓夢，可是妳不會說話，不會寫字，所以我只好用猜的，其中之一，便是等天氣好的時候，帶妳到山頂上夢幻湖露營野餐。

過去七年，我每回經過夢幻湖，都是為了送別妳的兄弟姊妹。我帶著蕭邦的一小部分骨灰，撒在夢幻湖附近的一叢蘆葦。那裡可以遠眺峻陡的山陵，還有陽光灑下的海洋，波光瀲灩。

如果天空是藍天白雲，夢幻湖會映著飄浮的雲。我希望曾經流浪、一生驚恐的蕭邦終於可以沒有懼怕的依偎蘆葦之中，好好安息。風吹來，搖曳生姿，他不會孤獨。蘆葦花迎風而生的堅毅生命力，可以永遠庇護他。

這次我希望妳是活著的時候看到這個世外桃源。我們可以鋪一塊布，拿出媽媽珍藏多年的野餐盒，好好享受一下。我陪妳躺下，看雲，天若冷了，媽媽抱著妳，蓋著被子。晚上打開帳蓬，一起看星星。至於醫院的那些藥，我會把它當成野餐料理，我們可以來一盤松阪豬，一份水梨牛肉，一份甜美的蒸雞胸肉配花菜，還有三井生魚片蓋飯。我喝清酒，妳喝清水。山頂上，我們可以聽田園交響曲，Sissel 的〈Going Home〉，Jean Jacques

Goldman的法文歌曲，還有Edith Piaf，此生無憾。

想起來多麼幸福啊。這夜晚，只有我們倆！

星空如同明鏡，整個湖水也輝映著繁星。

而那兒……仰一下頭，我們有如擁抱了全宇宙。

妳瞧瞧，多少人活了一生，都沒有妳的快樂。

而那一刻如果天氣夠好，星空在我們上方，那是何等地深邃和明淨！

而我親愛的孩子，那裡可能正是我們的未來去處，只是妳比媽媽先去一步。

我的孩子，妳不必害怕。那裡有我的外婆，有此生唯一打敗妳的Baby Buddha，有妳最好的兄弟成吉思汗，還有妳最嫉妒的Smokey，以及妳的玩伴大哥大、小甜點。

想到一個又一個生命三十計劃，此時此刻我的理智並沒有變得衰弱，我的心中洶湧著疼愛你的波浪，它勇敢地推著我走。

有一天我會苦痛，你會離苦永樂。

而山頂上的那一夜，我們皆會迷醉。它，將陪伴媽媽對妳的思念，直到永遠，永遠。

《二〇一八・二・二十三》

《南禪寺生命三十：Part 3》

我懷疑南禪寺偷看了世界周報臉書，我寫的生命三十計劃。

這幾天，她的身體出現奇蹟式的好轉。腎臟指數降至 2-2.4，和原來初住院治療時 4.6，判若兩狗。另一個指標 Bun 也大幅減少，胰臟炎痊癒，不再出現腎臟衰竭後期尿崩口渴的現象。

今天坐我身邊，我正吃著土司，她居然趁我不注意，站起來偷咬一口。虛弱離他愈來愈遠，胃口也愈來愈好。

住院時，蘇璧伶教授把自己轉變成雞胸肉神廚，結果南禪寺頭一回買帳，後來沒有食慾，頭一轉，不屑一顧，對救命恩人毫無禮貌。

過去一個多月餵食她早午晚餐，好像是打仗，強制灌食，她強力抵擋，過頭了，怕她嗆到，變成吸入性肺炎，不硬灌，怕她沒有足夠營養虛脫而死。我一個月下來，去了市場約二十回，每日變菜色，比平常一整年還多。結果她對我煮的食物不爽時，還吐到我臉上。

但她今天突然對雞肉狼吞虎嚥，而且十分鐘內吃完所有牛肉泥、雞肉泥……

以她一輩子奸詐的個性，我因此推測她偷看了世界周報的臉書。她知道如果身體好轉可以去夢幻湖露營看星星，竹子湖烤肉，花博公園開超跑，去台中新居吃串燒……

於是，她突然開始努力讓自己健康起來。

我不是特別猜忌，故意詆毀她，她天生就是表演家。以前我主持《文茜小妹大》，談九一一事件，她跟著我一起去攝影棚。每回導播喊五、四、三、二、一……她聽到一，就趴下來睡覺。當我把節目主持到一個段落，開口說「進廣告」時，她立即醒來，在桌上走動，到處打招呼。

家裡的人、工作上的助理們都認為我特別偏心南禪寺，因為她每天跟著我上班，每一個場合形影相隨。

我其實不是一個偏心的母親，我只是給孩子們最愛的，並且任由他們自由發展個性。南禪寺機伶而且愛坐車，對世界充滿好奇心；成吉思汗只想吃，他把廚房當四行倉庫，每日死守，出門對他而言，八成沒什麼好事，可能就是去醫院或是美容中心。他是個自戀狂，誰碰了他的腳毛，那怕還沒有開始剃毛，他已「哭聲倒長城」。

他對於受寵這件事，信心十足，不爭不搶，只要吃，吃，吃。

不像 Smokey 和南禪寺對峙了一生。

而南禪寺也直到二〇一四年九月二十八日溶血症變虛弱，「年老色衰」後，才開始停止亂咬其他的弟弟妹妹。

饅頭來了我家後，她看饅頭深得我疼愛，一群我的姊妹淘組了一個「饅頭黨」，恭請饅頭當黨主席，對她情何以堪，當時更是三不五時咬饅頭。

這些瘋狂舉動，都在她重病之後停止了。於是後來認得她的醫療人員，未知其底細，都覺得她溫柔體貼乖巧，我告訴她們：這個婆娘，是病了，情非得已，絕非天性。

但或許正是奮戰好鬥的基因，使她吃盡苦頭後，堅持下來，漸漸好轉。

我當然知道這只是從病危到比較穩定。小狗最後一個月的健康狀況，往往是懸崖式的墜落。今天的歡樂，不代表沒有明天新的苦痛。

但抓住任何機會，好好活著，享受快樂，本是南禪寺的天性。所以即使她的個性太跋扈，但在參透生命這件事上，她的確修了道。南禪寺，好名字！

我想她已準備出發，她想告訴我：媽媽，不要再計劃了，上路吧！時間不多了！

今天山區溫度十一度，明後天天氣可能好轉。錄完本周世界周報後第二天，我要為下周一的竹子湖烤肉大會，上菜市場準備食材了。

在快樂的大道上，再次上路吧！我的孩子！
永遠記得有一件事是死神剝奪不了的。它可以中斷我們的生命，中止我們彼此的相倚，但它帶不走也剝奪不了我們的微笑！

《二〇一八・二・二十八》

「我們不是因為年老而停止玩樂，我們是因為停止玩樂才會變老。」

看不見卻永遠微笑快樂的饅頭，碰到忽忽在旁悠悠等待他的食物，故意吃得一粒不剩。忽忽不敢相信他可愛又敬愛的哥哥，竟然如此對待他，眼睛瞪好大！

《二〇一八・二・二十八》

《家有老狗的珍惜與學習》

南禪寺剛剛偷喝了水。一個月前，當她的病情最危急時刻，她曾因喝水嗆到，嘔吐。蘇璧伶醫師怕她變成吸入性肺炎，於是下令我們必須用三ＣＣ針筒餵水，慢慢地，一口一口。

今天不只自己學忽忽集團偷喝水，她也開始想吃饅頭的雞胸肉。她的前腳，留下滿佈針扎的痕跡，但是她一天一天在好轉。

剛剛偷喝了水，滿臉小偷像，一副越獄成功的模樣。喝完水後，臉上的毛亂七八糟，也真的像江洋大盜。

但，她是快樂的。

早上，沒有車坐，不能兜風，她會哭；她最虛弱時住的嬰兒床，她已經待不住，坐不到五分鐘，就破口罵人。昨晚從台大動物醫院治療回家，進了社區，她試圖站很高，看風景，看四下有沒有路人可以打招呼，然後滿社區的櫻花迎接她。

她病了，但是她不向死亡投降。

我照顧著她，有幸福，當然也有焦慮。昨天從中廣回來，已經八點，

我得幫她做飯，又為她的病友短尾白做便當，又得十點趕到醫院。著急之下，做什麼事都慌慌張張。工作人員和我一起分擔照顧她的工作，我一方面充滿感激，一方面如果發現給錯食物或藥，而且一錯再錯，我的修養就全崩潰了。

她是如此脆弱，而且又如此努力。我們怎麼可以辜負她？

今天下午處理完世界周報本周的分稿及重點內容，我看著南禪寺……。義大利周日大選極右派可能當選；波蘭準備否認大屠殺歷史；全球正式走向強人政治，《紐約時報》認為美國總統川普內心可能充滿羨慕。同樣一國領袖，川普的權力，幾乎只在橢圓形辦公室，頂多桌上的核按鈕，會完全改變歷史。

那些事如此虛妄，權力如此迷惑。健康活著的權力眾人，如此戰戰兢兢。

反而面對死亡的南禪寺，從從容容。快樂很簡單，多一克肉；幸福很容易，蜂蜜水加一小塊饅頭的下午茶。回家走來走去，巡邏一下老大地盤是否被侵佔。

今天她特別走訪擺滿花、牛奶和食物的供桌，上面是她的兩個弟弟，成吉思汗和小甜點。她穿梭其間，似乎明白，似乎接受。

然後躺在我的懷裡，呼呼大睡。

活著，在家，不要太痛苦，生命已是厚待。

即使待會還得去醫院晚上例行打針，吃心臟病藥，只要打完了，可以回家，一時的痛，皺個眉頭，再灑泡尿，吻吻短尾白，一天過去了。

《二〇一八・三・二》

元宵節，年節的結束。

一段狂歡、團圓時節的終點。

人們點燈祈福、蜂炮驅瘟神。我不提花燈，倒是幫花園換妝，帶饅頭和忽忽賞花。

天氣轉晴，秀氣的手繡球開了小白花，華麗的大理花笑迎春天。

一個冬季過去了，心再苦，也熬過來了。

不必哭泣，只須想念，用更多的顏色、花朵，珍惜我們仍有的春天。

人生讓你痛苦的，其實是你的念頭，沒有不離開的家人。

這個過去的冬天教我：我該慶幸仍有餘力，送我的毛小孩們最後一程。

至少不是他們送我，然後茫然沒了媽媽，沒有了家。

《二〇一八・三・五》

夜間一樓聽到怪聲，起身巡邏。

走到大廳，沒有異樣，打開大門，明月清亮高掛，甚至沒有風聲。

再進屋，轉頭一看，一個蠕動灰色怪物藏一角，就在小小淋浴間。

戴上眼鏡，原來是史特勞斯未臨老，已入花叢，睡在櫻花浴缸旁。

我的疑問：如果怕熱，那麼多涼地板，為什麼選淋浴間？尤其愈靠門口，還有小窗，才涼快。

如果想要個密閉感覺的窩，什麼不好找，沙發、鋼琴底下，任君挑選。為什麼是淋浴間？

如果想遠離新來的忽忽軍團，以前特別愛挑廚房，地板又是石材，窗下又涼爽。何樂不為？

難不得他得了孤僻症？

我摸摸他的頭，小聲問，有什麼委屈啊？深夜，他伸了一個懶腰，繼續大睡。當我是神經病。

不理人。

莫非他羨慕我每天的灑花淋浴？還是他天生就是賞花吟唱詩人？

《二〇一八・三・八》

《南禪寺語錄》

今年一月十二日我被宣告病危，一月二十三日我休克停止呼吸五分鐘。

現在，我打敗了病危預言。在蘇璧伶醫師細心照顧下，據說我會持續不老的傳說。

今天祝大家三八婦女節快樂！謝謝你們伴著我那神經質又椎心之痛的母親，一路從小甜點、成吉思汗驟逝，到我病危。

現在復活節還沒有到，我已經復活了！

三八婦女節有個廣傳歌頌美麗、溫柔、甜心、聰明的女人文字，我看了，呵呵，有小微詞。

男人們說：「和漂亮的女人交往養眼。」我鼻子雖扁，長相尚可，走古錐路線，相當養眼吧。

男人們說：「和聰明的女人交往養腦。」我雖是一條狗，但要詐心機樣樣都會，至少勝過我那個常被稱讚「聰明」的媽媽。你們和我在一起，日子會過得多一點快樂，少一些沮喪，這是養腦最重要的一步。

男人們又說：「和快樂的女人交往養心。」這世界上少有比我每天開心過日子快十七年半的女子。無憂無慮，四海郊遊。這樣的心，不必養。

男人們曾說：「和溫柔的女人交往養神。」那是指自己是壞脾氣的男人。我雖精靈古怪，撒嬌任性，和溫柔婉約沒什麼關係，但只要不是壞脾氣的人，都覺得看到我，挺養神。

最後祝大家三八婦女節，同歡樂！

《二〇一八・三・十三》

記住該記住的，忘記該忘記的。改變能改變的，接受不能改變的。

——塞林格《麥田裡的守望者》

終於，冬天快走了，我慢慢走出了失去小甜點、成吉思汗的低潮，也熬過氣溫驟降驟升誘發免疫系統攻擊的日子。雖然已經到了不能曬陽光的人生階段，不過這個大好天氣總得忍住疼痛，拍攝一下社區綻放的櫻花。

不只我，它們也等了一整年。

社區內某個人家最美也最珍貴的一株八重櫻，開花時，正巧碰上了變天且驟冷風雨的日子。花沒開幾日，甚至來不及全開，已櫻瓣落滿地。等天晴了，春天就是晚了一步，八重櫻花已錯失該有的美，留下花與葉夾雜交錯著。櫻花實在是個奇特的植物，它太求完美，一旦葉子長出，好像壞了什麼，那些還殘留枝上的花，全成了無人欣賞的孤獨美女，挺可憐的。

社區最大棵的山櫻花，今年倒是趕上時辰，剛剛好，這兩天全面盛開。像一把大傘，罩著經過的每一個路人。據說這棵櫻花樹齡快六十年，等於和我同年齡。但人是愈老愈失色，櫻花卻愈老愈上色，在藍天白雲下，開

得恣意狂熱。

通常晚到約三月底才開的吉野櫻花，今年則提早了半個月。

這天氣變化，對每株櫻花都是考驗，一整年的努力，最後決定性的不過就是一時的運氣。社區街角一個人家兩棵吉野櫻花盛開，明明站在一起，同一個角落，開花卻仍有前後。

這世間，那能強求什麼必然？什麼應該？只有接受。

吉野櫻花中間的綠色植物是五彩茉莉，到了四月五月，紫花白花相間，同長一株樹上，很是特別。

趁著天氣好，全家總動員。史先生找到了跟班，終於當上老大，忽必烈緊緊靠著他。忽忽是饅頭的隨扈，當他的眼睛，饅頭時而笑，時而不習慣忽忽靠得太近。但至少有了安全感。

南禪寺關節不行了，坐了仇敵饅頭的車，佔領，哈！瞬間她也成了南神！

《二〇一八・三・十三》

《南禪寺語錄》

衰老，是未經證實的謠言。

《二〇一八・三・十六》

《南禪寺再度住院語錄》

「當一個人的希望降到零時，他才真正珍惜自己所擁有的一切。」

——霍金

CAMERA360

《二〇一八・三・二十八》

幸福晚年的祕訣，就是與孤獨簽下一紙不失尊嚴的協定。

——馬奎茲

時間的沉澱，智慧的積累，會把最好的妳，留到最後。別辜負青春，更別辜負中老後那個「最好的你」。

——陳文茜

世界上無所謂幸福，也無所謂不幸，只有一種境況與另一種境況相比較。只有那些曾經在大海裡抱著木板經受淒風苦雨的人，才能體會幸福多麼可貴。盡情的享受生命的快樂吧！永遠記住，在上帝揭開人類未來的圖景前，人類的智慧早已包含在兩個詞彙：「等待」和「希望」。

——大仲馬

《二〇一八・三・三十一》

外婆自小教我要習慣任何人的忽冷忽熱，也要看淡任何人的漸行漸遠。

於是我收養了一隻學生送的禮物狗，饅頭的弟弟比熊，名字就叫：忽冷忽熱，簡稱忽忽。

提醒自己，人會忽冷忽熱，狗卻永遠熱情如火。

何必在意世態是炎涼或炎熱呢？

《二〇一八・四・三》

《南禪寺語錄》

如果我們的潛意識裡，有一些自己還沒有處理好的衝突、矛盾以及內心被壓抑的渴望，我們雖然未必意識它們的存在，它們卻會發生在我們外部的行為模式裡，最終成為我們的「命運」。

——榮格

《二〇一八・四・八》

一生永遠忠於自己的南禪寺，離她當時病危住院，已經過了快三個月。在蘇璧伶醫師無微不至的細心和台大動物醫院照顧下，她已逐漸脫離生命危險，每日近中午回家吃飯睡覺，宣示老大主權，晚上十點再回台大動物醫院住院。

將近九十天，她慢慢適應了自己忽好忽壞的病情，並且在醫院找到新朋友，也是新的競爭對手：短尾白。

一生悲苦的短尾白，先是流浪狗，二〇〇九年被新北市抓狗大隊逮捕，住進中和收容所立即感染狗瘟，全身癱瘓。同一年正巧是蘇醫師教授帶著研究團隊進駐中和收容所當義工中的一年，遇見蘇醫師，從此改變短尾白的生命。

近九年來，蘇醫師自掏腰包，幫短尾白打針、治療、付高昂住院費，用盡中西合璧方式幫短尾白前肢奇蹟地站起來，後腳又裝輪椅，短尾白每天特技表演，成為台大動物醫院一景。

而那背後，是一段長長的，說不完的故事。悲苦、殘忍、不幸、以及愛不求回報、眾力成全她的生命……

這世間，本來什麼故事都有。

現在南禪寺是除了短尾白之外，住院最久的小狗，元老級病患。

自從她發現我每天也為短尾白帶食物，還自己餵食短尾白，把她的蛋白雞肉又分給短尾白，甚至把她最心愛的牛奶分給短尾白後，她們就成了某種程度的家人，當然也是仇人。

今天上午，南禪寺起床，先把台大動物醫院當大街逛，經過短尾白睡覺的角落，沒有忘了她，狠狠碰她一下，把她叫醒，然後故意不喝自己的水，大口大口喝起短尾白的水盆，當成南霸天吹起床號。

乖巧的短尾白看著這一切，好像遇見久年失散的家人，好像闖入一個可笑小霸王，心中百感交集。

南禪寺的內心世界，維持霸王花寶座，永恆之目標，不論身處什麼健康狀況。短尾白的世界，沒有「逆境」兩個字，只有「食物」兩個字。

一個：我鬧故我在。一個：我醒了，啊，我也餓了！

做自己而被討厭，好過做別人來招人喜歡。

——安德烈・紀德

《二〇一八・四・九》

《南禪寺語錄》兩老有猜。

我不會為了還有多少日子煩惱，餘生只願歡笑。

請記得，

讓這個世界燦爛的絕不是陽光，

而是我們的微笑。

《二〇一八・四・十》

世事如此難料。

一張嬰兒床，本來是南禪寺病危後，剛開始可以回家短暫過年，為她準備的氧氣床。把氧氣灌進嬰兒床，用紗罩包覆，剛好有漏縫，可以排出二氧化碳。

記得我到麗嬰房買床時，苦澀沉重的心情，覺得這是我可以幫心愛的孩子，做的最後一件事。

三個月過去了，儘管南禪寺病情未如當初那麼絕望，其間也休克了兩次，多數都是因為溫差太大，或是夜間發病。

如今她每天早上十點從台大動物醫院請假回家，晚上十點回醫院住院。這個公主床暫時擱在家裡，她平常也不喜歡自己單獨睡，沒有什麼用途。

但今晚，我難得在家，大伙兒一起吃晚餐，忽忽集團搗蛋鬧個天翻地覆，惹得看不見的饅頭非常生氣。可愛的忽冷忽熱尤其皮，一直想咬史先生的鬍子，好像彈跳娃娃，跳一下，咬一口，氣得史先生快變老生。

過會兒，忽忽又來輕咬饅頭的尾巴，我當下決定把救命的公主床變成小監獄，懲罰兩個忽忽小鬼。

但一件事每個狗都有他不同的角度，史先生看他們被關緊閉，好高興，得意洋洋，而饅頭感覺到，正義終於伸張了！

誰也沒有想到坐在遠方的南禪寺，她氣炸了，她直瞪前方，她記得那是她的床，她的寶座，媽媽送給她的禮物。兩個小傢伙，趁她老了，病了，做亂，憑什麼，佔領她的王位？她走向公主床宣示主權：「給我下來！」

於是一家五口，各有表情。忽冷忽熱想從公主床逃生，覺得這裡是監獄，一直站起身子；忽必烈覺得這個遊戲項目沒意思，也想跳床；史先生得意洋洋，一旁幸災樂禍；饅頭心底偷笑；而南禪寺則是認知她的東西被搶走了，忍無可忍。

我們從來不會知道，和你不同處境的人，他們在想什麼。

這是我可愛的小狗們，教我的一堂課。

《二〇一八・四・十二》

同床異夢。終於明白什麼叫：落花有意，流水無情。

饅頭與他小弟弟忽冷忽熱。一個模仿看不見的饅頭，躲在角落。饅頭醒來，赫然發現，我的專屬經濟區怎麼多了一個跟屁蟲，一點也不領情。

《二〇一八・四・十二》

「我要像月光一樣，通宵守著靜靜的春天之夜。」

她沒有名犬秋田漂亮，可是臉部表情非常溫柔。她很苦命，小時候是隻流浪狗，後來被捕捉至收容中心，不幸感染狗瘟，從此全身癱瘓，已經殘廢了九年多。

她是我在台大動物醫院遇見的狗，名字叫短尾白，在台大蘇璧伶幾位愛心教授醫師照料下，她勉強可以撐起上半身，下半身不只癱瘓，每夜要靠人工擠尿。

在醫院裡她已住了快十年。過去這十年都是蘇醫生主治她，並且幫她付了所有住院醫療費。台大動物醫院的實習醫生私下稱她「學姐」，或是「百萬名狗」。

南禪寺住院後，我認識了她。遇見她，是我經歷兩個毛孩子小甜點、成吉思汗連續死亡，南禪寺又病危，老天給我的最大救贖。

從今年二月起，為了感謝了不起的蘇醫師，還有短尾白給我的生命體悟，我告訴蘇醫師，我決定認養她，當她的乾媽。

除了支付短尾白住院的醫療費用直到她離開，我每兩天會自己煮一鍋

池上雞肉米粥食物，送到台大動物醫院，陪她到最後。

前陣子短尾白前肢站不太起來了，躺在角落，眼神哀戚。她本來唯一的自由，靠後腳輪椅代步，一天只能使用十分鐘。因為她的前腳，退化性關節，愈來愈痛。

於是我決定買一台迷彩推車送給短尾白。車子到貨當天，老闆親自送貨，台大動物醫院所有醫療人員都非常興奮，一名帥醫師立刻帶她去台大校園草地散步，而且當場Facebook直播！

快十年了，她終於不費力氣走出了醫院，看到了天和草地。

「生命如此短暫，我們沒有時間爭吵、道歉、傷心。我們只有時間去愛。」

——馬克・吐溫

謝謝妳，短尾白。

《二〇一八・四・十二》

趁年輕，好好利用這個機會，盡力去嘗遍所有痛苦，這種事可不是一輩子什麼時候都可承受的。

——馬奎茲《霍亂時期的愛情》

忽忽集團趁南老大和饅頭都去醫院不在家，
偷坐南董事長的跑車，偷帶饅頭的小飛俠帽。

《二〇一八・四・十八》

當年我把他從流浪動物花園協會帶回來，以為我給了他一個家。現在，是他，史特勞斯給了我一個家。

這個家在過去五個月裡，幾乎快要碎了，家裡原本共有五個歡樂小狗，兩個小孩前後不到兩周走了，然後老天只給我一個月，慢慢走出來，還沒有走到有能力哭出聲來時，第三個孩子南禪寺已經病危。

我每天告訴自己，撐著，妳是她唯一的靠山；轉念，她比妳還苦，為了妳，她疼痛辛苦地挺過一關又一關。

終於南禪寺穩定些了，雖然我也明白，一切只是時間長短，她終究來日不多，我看著她，心疼也道謝。

悲劇的上演，往往沒有盡頭。兩個星期前第四個小孩饅頭的眼科醫師告訴我，他雖已兩眼雙盲，但是左眼眼壓已過高，可能必須考慮立即開刀，挖出饅頭的眼球，裝置義眼……而且他已經十一歲，麻醉風險將隨年齡大增……現在不做決定，未來更危險。

知道饅頭眼睛可能要摘除的那一個夜晚，我離開台大動物醫院，窗外的春天如秋風，滿地落葉。走出幽暗長長的廊道，側門在眼前，忘記怎麼打開它，雖然我已待在這裡一百多個日子了。我突然忘了旁邊的按鈕，拉門時，我不知道自己在做什麼，我開不了門，不論真實的門，還是心中的門。我只記得當下不斷告訴自己：不要倒下，不要倒下……

一個小時後回到家，史特勞斯以神采超凡的微笑迎接我。

這個大孩子，小時候吃盡苦頭，受盡折磨虐待，卻從不記苦，永遠心靈朗照，神采若在，眉宇間映出幸福的表情，媽媽回來了，媽媽回來了。

過去幾個月，忙著小甜點猝死的悲傷，忙著搶救成吉思汗，忙著再搶救南禪寺，也忙著提醒助理每小時為饅頭點眼藥水，我的寶貝已經看不見了，他不能再失去眼睛。

大家都忽略了史先生。

但史先生是一個永不抱怨的狗，他只要媽媽偶爾晚上帶他到四樓，吹點風，看看星星，陪媽媽澆花，即欣然在高天皓月下，怡然自得，月光中，他似乎有能力望見自己的明輝。

陽台上的他，總是笑。

從台大動物醫院回來，知道連饅頭都可能要挖掉眼睛，那晚我誠實的告訴自己，這一切，已超越我可以承受的範圍，不必再逞強了。我的心律不整又犯，帶狀皰疹再起，我不會覺得這叫末日，只是精神上，心的底層裡，我至少暫時被撕裂了。

而就在此刻，史先生出現了。他似乎看穿了我哀傷的眼神，夜夜日日、亦步亦趨跟著我。

那一晚我想躲在被窩裡哭泣，他過來親吻我。

我似乎暫時陷入了一千個深淵，在夜晚最狹窄的黑暗中，他卻以貼心的大頭放我腿上，輕輕地以肢體告訴我，媽媽，你還有我，你還有我，我會健健康康的。

我想起小時備受虐待的他，開始心疼起來，這個如此懂事的孩子，當晚又帶他上了頂樓。那一天，天好冷，一陣陣的冷風，好像吹進我的靈魂，好像要吹穿我的血液。

老天要我冷到底，冷吧！我發著抖，任性地把自己丟入徹底的寒冷中，無奈地坐地板上。而此時史特勞斯溫暖地走過來依偎著我，像一個大棉被包裹著我。

他不忍心媽媽這樣受冷風吹。

從那天開始，我進溫泉，他也進；我坐桌邊看資料，他也陪。

聰明的他，聞到了我心頭的淒苦，忙碌的工作，放不下的孩子。他不吵也不鬧，就靜靜地陪著我。似乎想讓我知道，他會陪伴我，經歷這一切。

不論結果多糟。

當時啊，以為自己給了他一個家，現在才知道是他，給了我一個家。

謝謝你，可愛的史特勞斯。謝謝你。

當時透過流浪動物花園協會從收容中心收養了他，沒有想到最後是他在我脆弱時，陪在我身邊。

想念成吉思汗、小甜點的失眠之夜，陪伴我床邊的史特勞斯。

那一個你以為你伸出手幫助又瘦又潦倒的對象，如今成為你生命中的天使。

20140620

《二〇一八・四・十九》

四月十九日饅頭複診眼睛，評估是否手術摘除眼球，我的小孩，祝福你！盼你一切安好。

《二〇一八·四·二十》

《饅頭語錄》

草在結它的種子，風在搖它的葉子。

我們站著，不說話，就十分美好。

——顧城

《二〇一八・四・二十》

《史特勞斯語錄》

他還太年輕，尚不知道：回憶總是會抹去壞的，誇大好的。
也正是由於這種玄妙，我們才得以承擔過去的重負。

——馬奎茲

《二〇一八・四・二十一》

《南禪寺語錄》

如果你能看到我的世界裡，那些漸漸消逝的美好，你就能體會到現在擁有的幸福。

《二〇一八・四・二十五》

《饅頭深夜語錄》

五歲時，媽媽告訴我，人生的關鍵在於快樂。

上學後，人們問我長大了要做什麼，我寫下「快樂」。

他們說，我理解錯了題目，我說，他們理解錯了人生。

——John Lennon

《二〇一八・四・二十五》

《史特勞斯花房：梔子花》

雨水對梔子花最好，若沒有雨水，也可用自來水。

澆自來水時可以加一點醋、或者檸檬酸，增強土壤的酸性。

澆水時水溫要嚴格控制，水溫近室溫，不要用很涼的水，使用時放置一段時間，讓溫度與室溫相近，再澆水。

「生命太短暫了，不應該用來記恨。

人生在世，誰都會有錯誤，但我們很快會死去。

我們的罪過將會隨我們的身體一起消失，只留下精神的火花。

這就是我從來不想報復，從來不認為生活不公平的原因。

我平靜的生活，等待末日的降臨。」

——簡愛

《二〇一八・四・二十五》

《南禪寺深夜書摘：卡夫卡的日記》

寫日記的好處是：能夠令人寬慰地、清楚地認識自己內心各種變化過程。

人們永遠避免不了經歷變化，一般我們總是自然地相信它們，感覺它們，為它們所苦，並承認它們的存在。

其實承認這些變化，可以換來人對未來的希望和心定，可惜人們雖經歷了，卻又總是無意識地遺忘其間的變化起伏。

在日記中，我們往往可以找到證據，證明我們曾在某天看起來難以忍受的境況中生活過，環顧過，挫敗過。把觀察的結果寫下來，有一天，當縱覽那時的境況時，我們可能變得更聰明，更承認我們當時在不知天高地厚的頑強努力時，是多麼無所畏懼的。

——一九一一年十二月二十三日

《二〇一八・四・二十五》

《南禪寺病中語錄》

命運終究會帶走很多幸運的翅膀，卻往往也留下一點影子。它把喜劇變成悲劇，也留下機會讓我們可以把悲劇變回喜劇。

原來，我們的脆弱，是因為我們還有其他的選擇。我們選擇藉口，選擇依附他人，我們以無辜可憐的手腕逃避，換取庇蔭。

而當所有的逃避，不復歸來，你只能堅強面對時，你才發現，原來堅強本來就是我們的一部分。

你，本來就可以堅強。

《二〇一八・四・二十五》

《饅頭語錄》

正是因為你內心沒有愛，所以你不停地從外面尋找愛，來填滿自己。

這種愛的缺乏就是你的孤獨，而當你看清這個真相時，你就再也不會試圖不斷用外在的人或事來填補了。

——克里希那穆提

《二〇一八·四·二十五》

兩個生病的孩子，南禪寺與饅頭，在 Bakery 小甜點走後五個月，拜天祈福，保佑這個家。也向天空上的兄弟致敬。

《二〇一八・四・二十五》

時間總是出其不意，攻其不備，就在我們都以為南禪寺病情穩定後，她突然病情直轉急下。

星期日我出門至香港，她看到了行李箱，一直走到我身邊。

才過三天，南禪寺不只回不了家，全天住院，她的腎臟指數突然回到一月病危時的 4.3，而且是昨天已經開始血管注射狀況。她的胰臟炎也再度發作。

剛剛醫生已經開始打嗎啡。我們都知道她非常勇敢，她已經努力了四個月半。

為了讓我在小甜點、成吉思汗相繼走後不要心碎，她撐得好辛苦。

我將陪伴她到最後。

我的小孩。我永遠的愛。

《二〇一八・四・二十六》

我喜歡目不轉睛地看著你
永不停止地去愛妳
你是那麼的生動
即使你的睡眠已比黑暗還深
他們說，妳的時日不多
我說，謝謝妳告訴我
分分秒秒、日日夜夜的意義
沒有你們相對短暫的生命
我不會明白自己的人生多麼珍貴
你們以離去提醒我
別揮霍生命
珍惜值得的事
忽略無關的人
永遠相愛
即使有一天我們必須分離

《二〇一八・四・二十七》

在時間的大鐘上，只有兩個字「現在」。

——莎士比亞

下午陪伴南禪寺，短尾白也來湊熱鬧。凡是南禪寺不吃的食物，全進了她的肚子。

飽食後，難姊難弟，在我的腳下呼呼大睡。

不論南禪寺過幾天的答案是什麼？「現在」的我，很幸福。

《二〇一八・四・三十》

我懷抱著一個夢
我懷抱著一個夢，一首想唱的歌
幫助我對抗一切
如果你見過童話中的神奇夢幻
你就可以掌握未來，縱使你失敗了。
我相信天使

我所看見的一切都是美好的
我相信天使
當我知道時機來臨
我將涉水過溪——我懷抱著一個夢
我懷抱一個夢，一個夢幻想像
幫我熬過現實
我的目的地使一切沒有白費
它將黑暗拒於千哩之外

我相信天使
我所看見的一切都是美好的
我相信有天使

當我知道時機來臨
我將涉水過溪——我懷抱著一個夢

《二〇一八・五・二》

原來死亡是不能完全練習的。

南禪寺是我們家的家長，管其他小狗，管我，也管開車的司機。

她的表情總是那麼逗，調皮搗蛋，無法無天。我呵護她的時候少，和她吵架的時候多。

由於惡霸，她是家裡唯一被我斥責、打屁股、罰站的狗。不過，她韌性十足，而且聰明無比，各種女主角她都扮演過。潑婦、委屈、發抖飢餓、撒嬌、只愛妳一人……然後司機的車聲來了，她以七四七速度，飛奔而去，留下必須明白的妳自己。

二〇一四年九月二十八日她突然發作溶血症，從此不斷進出醫院。在蘇璧玲醫師全心照料下，她活到今天，已經是奇蹟。

一年前，蘇醫師突然電話中告訴我：她的腎臟衰竭已經開始了，這個過程會很快，所以早晚都要打皮下輸液。

我們母女一致樂觀派，她很開心，這樣一天可以搭配兩趟車；我則是逃避，當然主要還是對她生命鬥士態度盲目的崇拜。

三年半過去了，全家原本比她年幼的弟弟們，一個一個先離開。直到去年十一月二十日、十二月四日，小甜點和成吉思汗突然相繼走了，我抱著她，謝謝她這三年的苦撐，也告訴自己：幸好，我最愛的孩子還在懷裡。

然後一月十二日她病情迅速惡化，開始了她在台大動物醫院超過一百多天的住院日子。有些時候，狀況好一點，她可以請假回家，坐在花園裡，身形削瘦，卻仍霸氣十足。

理性上我知道她時日不多，但她一關過了又一關，我每天為她準備低磷無油雞肉泥和牛肉泥。針對她的血檢，每次調配方。以為天會長一點，地會久一些。

但這世上本來沒有天長地久。我和她的連結，似乎無法分開。每日忙著工作，心理總是不安倉惶，但一到醫院看她，我坐地上，用她最喜歡的姿勢抱著她，那一刻好像我已擁有了全世界，我什麼都不要，我只要我的孩子。

從出生過早離開母體，才一個月，南禪寺就到我家來。她的頭會歪斜和人打招呼，她的聽力可以辨別我的司機到了沒。她喜歡跟著我上班、工作、上電視節目，導播喊五、四、三、二、一，南禪寺即在桌面上倒下，呼呼大睡，好似這一桌說話的人全在放屁。接著導播喊進廣告，她就神氣活現地站起來，在桌上亂跑。

她和我日日進出，搭車，逛街，除了不必主持文茜的世界周報，我們幾乎形影不離。直到三年半前，她病倒了。

上個星期二她的病情突然惡化，儘管我早已知道答案，並且星期一主動向醫生提出要求，我不想讓她走到最苦的末期。當晚我在醫院為她夜間休息的角落拖地板，背對著其他人，地上空空的，好似此刻我已經失去了她。當下眼淚一直流，最後趴在窗邊大哭。

今天本來準備和醫師討論在什麼情況下該送走她，蘇醫師上午晚上分別為她從胸腔抽出六十ＣＣ的水，她告訴我，南禪寺可能活不到星期四，甚至今晚。

但她希望，她照顧了三年半，她希望是她親手送走她。所以她會想辦法延到明天中午。

我同意，約好了明天中午，上午愛她的人先為她辦個派對，有牛奶、雞排、菲力牛……大家為她送行。

我離開動物醫院之前特別謝謝蘇璧伶醫師，我流淚感恩過去一百多天，她只有四天因出國及升等論文沒有到醫院，包括過年春節。她的大愛、付出，使我和南禪寺多相處快四個月，也幫助我比較遠離喪失了成吉思汗、小甜點的椎心之痛。

晚上回家整理南禪寺生病三年半來的照片，除了後期，多數不顯病情，

而且即使住在醫院，也每天給自己找樂子，尤其是和短尾白拚車。

再過幾個小時，我將永久失去她。

這個世界上沒有天長地久的生命，但有著天長地久的愛。

孩子，願妳遠離痛苦。記得我永遠愛妳。

謝謝你給了我一生十七年，最美好的回憶。

人準備再久，告別，尤其告別我十七來相依為命的孩子，「再見」，

仍然是最困難的單詞。

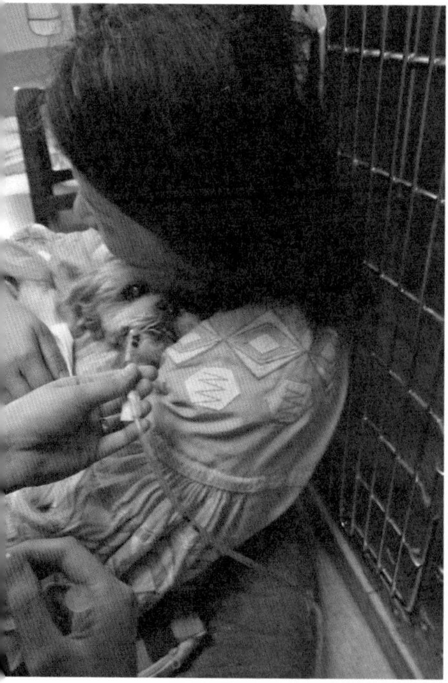

媽媽，我只是兜風去了。
南禪寺的最後一天。

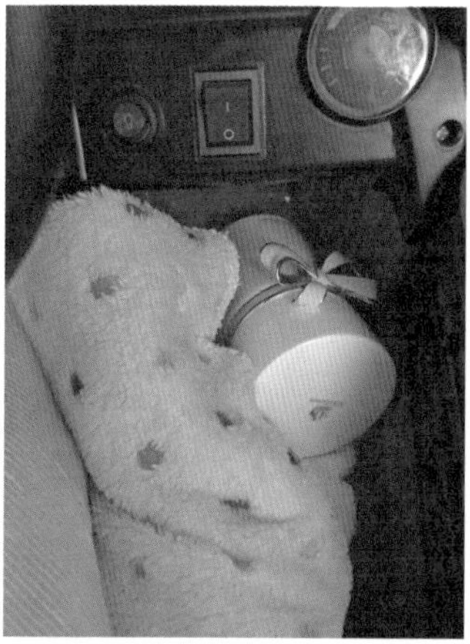

《二〇一八・五・四》

我曾許諾南禪寺在她離世前，到竹子湖花園，還有回到我的故鄉台中。台中因為她的病情，無法舟車勞頓，竹子湖則是天氣。她身體狀況穩定時，當地總是下雨或是極冷。

於是，她最愛奔跑的草地，無緣再回。我為她和幾個老狗、自己冬天避寒買的台中房子，整個冬季，死亡像轟轟烈烈的戰役，一直攻擊這個家。沒有一個孩子，有緣踏入新家。

為了他們，我還在新家特別買了一張矮床放在榻榻米上面，想像我們一家又可以像小時候，大伙一起睡在一個小窩裡。

命運或有起伏，但是死亡就是一條筆直的路，奔跑其上的輪子不會停，直到抵達死亡的終站。

我的孩子們，以匆匆的告別方式，告訴我，生命中重要的事很少，就是把握，就是感恩，就是珍惜。

慶幸去年底我取消出國，慶幸過年期間我守著南禪寺，慶幸我有福份一百多個倒數的日子，幾乎每天陪她，每天有機會抱她。

想念那段她可以請假回家期間的日子，我每天守著她至深夜三點為她調氧氣，餵她喝牛奶，幫她換尿布的夜晚。

如果有一天你衷愛的親人或生命離開了妳，即使仍然有遺憾有痛楚，但那些當時看起來艱苦壓力龐大的點點滴滴，反而成為我現在最甜蜜的回憶。

我可愛的孩子，南禪寺，當她即將離去的那個清晨，她知道我在流淚，已經非常喘且疼痛的她，甜蜜地舔了我的手，好像是告別，好像是感謝，她輕輕地靠在我身上，沒有了疼痛的表情。眼睛烏溜溜，不知情的人不會想像她所有的血檢數字，都指向同一個方向。

後來我忍不住哭出聲來，她竟然也哭了，而且流下了眼淚。

親愛的南禪寺，我心中永遠的小寶貝，你如此捨不得，又如此勇敢。媽媽不是相信輪迴的人，但是我相信妳希望媽媽能夠和妳一樣勇敢，能夠度過妳的離去。

於是今夜，那個我們沒有實踐的竹子湖約會，我毫不猶豫走入。今晚月亮沒有出來，雲朵之間有幾個小星星，山形似夢非夢，正如妳的離去。

我吸了幾口熟悉的空氣，開始澆花，初起忍不住在魚池旁大哭，然後朝著山，大喊妳的名字：南—禪—寺—

擦乾了眼淚，我像一名盡職的農夫，施肥，折下枯枝，然後剪下一朵又一朵早已過度盛開等待我們來到的花朵，準備送給你和成吉思汗、小甜點。

時間不回頭，一直流逝，山形卻紋風不動，正如我對你們的感情，和往日沒有任何不同。

我回到家，把該剪掉的葉子剔除，太長的枝幹剪短，獻給我親愛的孩子們。

他們說，愛不釋手。我知道，愛有時候，要放手。

《二〇一八・五・六》

《史特勞斯：深夜的詩句與音樂》

當一個人可以瞭解別人的痛苦時，他必已是飽經痛苦的人了。

——拜倫

《二〇一八・五・八》

我絕對沒有資格說自己生活淒涼，但悲傷卻如一隻默默的蜘蛛，在我內心各個黑暗的角落裡結網。

每一個自我鼓舞，背後都有一個脆弱的地殼，如火山口，流下來的不是眼淚，而是如熔岩般對我生命的侵吞。

我從來沒有這麼討厭自己，照著鏡子，我看到的自己，就是一個受傷後的臉孔，無法遮掩。

隨著年紀老去，我不再逞強，什麼擊鼓高歌，那是故作瀟灑的表演。我的人生不是為了創造傳奇而活，此時此刻，我就是個凡人。

我知道克服不容易，我更知道找一個肩膀靠，只是暫時性的，而且可能給自己惹上麻煩。我必須讓自己走出去，去和朋友聊天，去花園剪花，讓時間慢慢流走哀痛之水。

尤其去南禪寺、成吉思汗往生的地方，探望短尾白，她還在那邊等我。

人在某些狀態下哀傷是必然，可是放縱自己哀傷，卻是懦弱逃避的行為。有一天，光陰會帶走我的哀傷，轉為淡淡、深沉的思念。

而且我還有看不見的饅頭、小時候受盡折磨的史特勞斯、來了我家因為南禪寺病危沒有被好好疼愛的忽冷忽熱及忽必烈……他們都在渴望我的愛。

還有短尾白。

她在南禪寺走的前一天，醫院內看老朋友這麼辛苦，一直喘息、疼痛及哭泣，想辦法以她的殘廢之軀，爬過來，挪到南禪寺的身邊，頭靠著她，試圖給她安全感。

住在台大動物醫院近九年，短尾白已看盡各種動物來來去去，生生死死。

但是對於南禪寺的離去，她似乎有複雜的情緒。

這一百多天，因為南禪寺，我認識了她，從此以後，每天分享家中為她特別準備的鮮食，有時候南瓜濃湯加雞粥，有時候蘋果蔬菜加雞塊，每天我們都會餵食她，推她的新車，或是坐我的車，學南禪寺也出去逛街。她不僅認得我從電梯走出來的高跟鞋聲，也因為我的緣故任由南禪寺在她的床上亂小便，故意喝她的水，或是清晨起床了，故意撞她、叫醒她。

而當南禪寺要走時，短尾白明白了一切，她靜靜的，出奇地安靜，滿屋子都是送別南禪寺的朋友，每個人都在流淚。

她異常的安靜。靜靜地陪她最後，一段友誼告別了。

她因某種原因，被關回一個小角落。她的生活又進入另一個階段，我想，她沒有把握我會再回來看她。

南禪寺上星期三離開，下午火葬，那天晚上我沒有去醫院。星期四晚上我到的時候，短尾白沒有昔日的叫聲、撒嬌聲，我叫了她，她躲在一個手術桌下，抬頭看我，好像不太相信我會回來，帶著一鍋好粥，還有蛋白……我吃力地抱起她，她舔著我的臉，是謝謝，是感動，也是安慰。

之後每兩天我都會去看短尾白，今天有工作在身，至香港，特別拜託司機大哥，帶她去美容院洗澡……她上回洗澡是半年前的事了。

台大附近的多俐寵物美容院老闆，是我遇見最有真情的美容院老闆，他曾經自己親自到台大動物醫院為南禪寺剪頭髮，他看著南長大，知道短尾白的故事，他欣然同意為她洗澡。

現在的我雖然還是走在一條黑暗的走廊上，但我知道走廊的盡頭，門沒有鎖上。

因為短尾白，因為我的工作，因為我的其他小孩，我會走出來。

不必急，也不必嚎啕大哭。

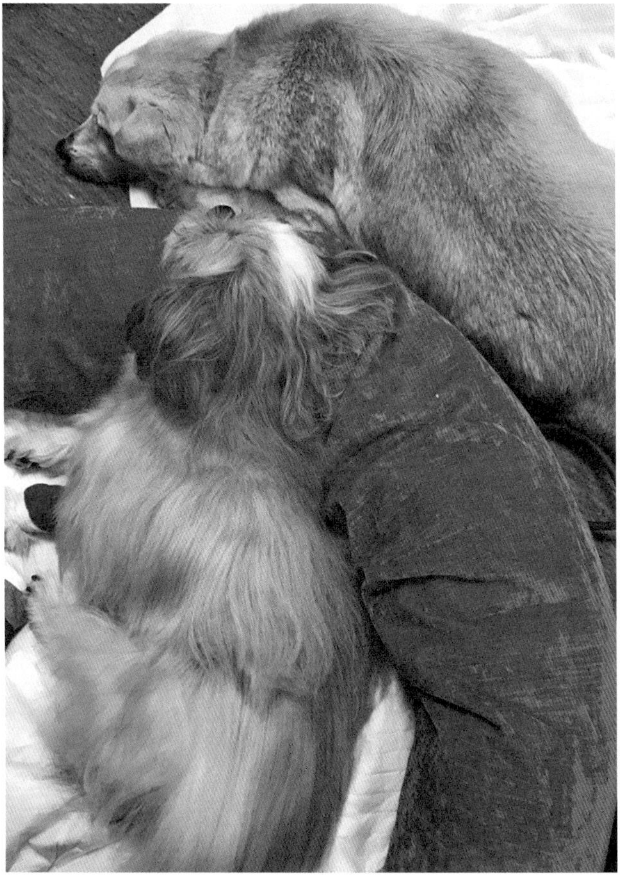

《二〇一八・五・十一》

快九天了。我的南禪寺走了快九天。

過往近深夜，如果南禪寺在家裡，這個時候，我總會走到她睡覺的地方，撫摸她，抱著她，輕輕地告訴她：我好愛她。

剛剛準備就寢，下意識地我又要下樓探她一眼，是否安好，氧氣是否開足，窗戶會不會開太大，暖氣夠不夠。

這些三年又九個月持續的習慣，才剛移念，即想起：我的寶貝，已經走了。其他的孩子目前都很健康，各自安穩入睡，我摸摸他們的頭，不必打擾。

過去這個冬天，我的生活淒涼得有如朝北的頂樓，灌滿的淒風還沒有走，另一場暴風雨緊接著侵襲，我還沒有從疼痛中回神，另一端死神已經佇立於旁，盯著我。

憂鬱如默默無聞的蜘蛛，在我內心各個角落裡結成綿綿密密的網。

我想盡各種辦法，在死亡的走廊上躲藏，有時候也不斷轉念，如何迎面接受命運給我的功課。

關於南禪寺的答案我早已知曉，只是不確定這條黑暗的走廊，我得用什麼態度好好地走完。

南禪寺走的那天上午，她已喘氣不止，奇特地我一抱起她，她舌頭立即伸回去，不再喘息，安靜地靠在我身上，然後突然舔了我的手。

她在道別嗎？還是她希望神勇的媽媽能如以往再次找到奇蹟，再救她一次？

無能為力的我忍不住哭出聲來，接著她也哭了，並且流下眼淚。

我輕輕地在她耳邊，悄悄告訴她：你是媽媽一生永遠的愛，我會每天對著月亮、星星叫妳的名字。孩子，不要怕，從此我們彼此分離，我不知道你將去那裡，但是我答應妳，我會每天做一件快樂的事，紀念妳快樂的一生，一步步走出哀傷。

九天了，親愛的孩子，我做到了。從舉步為艱，強迫自己到花園剪花，在頂樓忍不住對著山影嘶喊南禪寺的名字，到如常主持製作世界周報，到唸宋詞元曲，到花市買花並重新整理花園，到參加「美好關係：書香」活動。

孩子，你走了。可是妳卻以另一種方式奇特地留下來。

妳一生快樂的生命態度，生病時仍不斷給自己找樂子的本事，正一點一滴地傳遞給我。

妳已在我的身體裡，化為快樂的因子。
我們從此永不分離。尤其當我微笑時。

泰饗
Thai Feast
好丘

《二〇一八・五・十三》

《原來為愛奔波，是一種幸福》

站在窗台前，星星還在，卻找不到月亮。我環繞屋子一圈，不甘心，跑到頂樓，山在、雲在、點點星光在，月亮真的不在了。

你是否和我一樣，在喪失親人或是親近的生活伴侶後，執著的找月亮？你已失去太多，不相信月亮也會離開。你放下了喪失摯愛之痛，生活卻一下子空了，惶惶不安，不知道做什麼？

然後才想起，原來前陣子那段為愛奔波的日子，是多麼甜蜜的回憶，多麼飽滿的人生。

當時的你，可能把日子過到張力十足，每一分一秒都可能改變結果。你甚至偶爾會感覺疲累不堪，沒日沒夜地心擱在那裡，沒有一刻是放心的。

這個讓你奔波的，可能是你的爸爸，你的媽媽，你的伴侶，或是和我一樣你的毛小孩。人們都說：久病無孝子，這話說得刻薄，但如果它是形容子女為父母奔波醫院往返照顧時免不了的精神疲憊，倒是有幾分事實。

我是一個不喜歡生活被手機打擾的人，但是當成吉思汗病危住院時，我開始天天把手機放在身邊，夜裡擱在枕頭旁。

任何訊息可能都關乎它的生命。五天之後，清晨五時五十分，台大動物醫院打電話至我的手機，我看到號碼顯示，已知道答案，我可憐的寶貝，走了。

之後我居然就忘了把手機放回書桌上，這樣的日子斷斷續續，經過兩個星期，我才慢慢回復正常生活軌道。

老天爺簡直就是和我開玩笑，莫名其妙走了一個毛小孩，又意外兩周再走一個，然後不過一個月又八天，南禪寺深夜病危。

從今年一月十二日至五月二日，我每日奔波醫院、工作之間，有一段時間她的病情比較穩定，我讓她白天、夜晚都到醫院治療，然後回家睡覺。為了給她一個安全的睡覺環境，我走到麗嬰房，臉色如死魚，沒有一點笑容，我急著要一張床，而且有紗罩，這樣才能給我的寶貝足夠的氧氣，並且可以排出二氧化碳。和店員溝通時，她當然不能理解我的沮喪，推銷一些為迎接嬰兒誕生的歡樂裝置，例如旋轉的木掛鈴鐺，我當時感覺快要窒息，至今我都記得自己如何不耐地打斷她，告訴她我要什麼，趕緊打包，我沒有時間了。快！快！快！因為之後，我們還得去取朋友診所好心提供的大小氧氣瓶……已經下午五點，別人快關門……

那段回家睡覺的日子，總是兩桶氧氣瓶，一個開，一個備用，一樓門口，還有車上，都各有一個小氧氣瓶，萬一不行，半夜送她回醫院急救。什麼都要準備好，每個人都要背好各種狀況的SOP。

錄製節目工作時，若有空檔，我立即找手機，想要了解她的最新血檢，是否有什麼狀況。

每天晚上我會根據血檢，調整她的食物，尤其肉的比例。每周一、三、五，總是得跑好幾趟才能買到沒有油花的菲力牛排，為南禪寺做她最愛的牛肉泥。我問了大醫院治療人的營養師，也不斷找腎衰竭的患者食品，可是南禪寺有溶血症，又臥床，我需要金針菇、鳳梨、牛肉來解決她的部分問題。

每日工作完了，不管是九點、十點、十一點，我總是拜託醫院，讓我探望她。在醫院，我見了人，即話說個不停，其實我知道，我並不正常，因為我的內心非常焦慮。

而且恐慌。

在南禪寺後期幾天，我每天早上五點五十分左右一定嚇醒，拿起手機，看自己是否錯過了什麼。那是成吉思汗走的時間，他孤伶伶沒有人陪伴，躺在冰冷的櫃子裡，喘不過氣來，痛苦地走了。從此清晨五點五十分成為刻劃我潛意識最重要的大笨鐘。

過去的四個月，我強顏歡笑，勉強工作，內心其實脆弱無比。我終於如此親切地感受為什麼我的學姊牛湄湄照顧失智父母，最後會得恐慌症，而且關了她的律師事務所。她告訴我，在法庭，法官叫她的名字，她聽到了卻幾乎說不出話——而她自己以前也是法官。

精疲力竭時，免不了沒有耐性，同事做錯事，尤其害怕他們給錯藥，我經常處在崩潰邊緣。

雖然我每天如常工作，說笑話，問大家：今晚要吃什麼？笑咪咪的表情下，我的心，痛到自己不敢碰觸。甚至累到極點時，會回頭想：小甜點突然走了，成吉思汗五天瀟灑告別，何嘗不是一種「孝順」。

這樣的念頭，對南禪寺當然不公平。是她撐在那裡，受苦、寂寞，使媽媽有足夠的時間接受她，再離去，再失去一個孩子。

南禪寺走後，我的人生重心，一下子沒了，下了班若有所失的回家，有時候想去醫院看短尾白，怕過了探病時間，太打擾醫院，醫療人員不高興。已經習慣奔波的腳，慢慢停下來，七上八下的心，慢慢安靜下來。

可是我卻覺得這樣的人生，不是喘了一口氣，解脫，我感覺自己的身體好像破了一個大洞。

我開始思念她十七歲的一生，然後發現我們情感最靠近的時候，就是最後這四個月。她是我的月亮，我是她的太陽，每天我走進醫院的腳步聲，對她是最美好的音樂，我兩手抱住她，對她是最溫暖的溫度。

每日深夜兩點前，我在她的床邊，唱歌，拍她的頭，是我一天最快樂的時光。

那天有位同事，母親開刀，她也在工作、醫院兩頭奔波，糾心無力。我告訴她自己的經驗：有一天，你會懷念這一切。這段時光，你們最親近，未來會成為你最甜蜜的回憶。

為你所愛的人或是毛小孩奔波，是世界上最幸福的事。

它很辛苦，可是有一天你會明白：它，多麼彌足珍貴！

《二〇一八·五·十四》

適當的悲哀可以表示情感的深切，過度的傷心，卻證明智慧的欠缺。

——莎士比亞

乾兒子送我的母親節禮物：取名「東大寺」。紀念南禪寺和二〇一三年五月十五日過世的李敖大哥大。

他睡在南禪寺的公主床上，半夜起床哭喊，Help，要尿尿。

這一家，又湊足了五條好漢。

《二〇一八・五・十七》

《忽忽集團語錄》

別憂傷得太早，我們的經歷還太少，還不明白什麼才是真正的憂傷。

所以，盡情地歡樂吧！

相依為命的忽冷忽熱及忽必烈，長大了。一個八個
月半，一個七個月。沒有人知道忽必烈會長多大。

《二〇一八・五・三十》

《午後・語錄》

他人的眼睛是我們的監獄，他人的意見是我們的牢籠。

——伍爾芙

我坐在窗畔。回想起青春，有時我會微笑，有時免不了狠狠罵人。

——布羅茨基

人自從他被投進這個世界的那一刻起，就要對自己行為負責。

——沙特《存在主義是一種人道主義》

人類的快樂，不是靠理性、電腦、物質，而來自情感、直覺、本能、快樂行動。凡永恆偉大的愛，都要絕望一次，消失一次，一度死，才會重獲愛，重新知道生命的價值。

——木心

一生至少該有一次／為了某個人而忘了自己／不求有結果，不求同行／不求曾經擁有，甚至不求你愛我／只求在我最美的年華裡／遇到你

——徐志摩《忘了自己》

好的圍棋要慢慢地下，好的生活歷程要細細品味，不要著急把棋盤下滿，也不要匆忙的走人生之路。

——林清玄《下滿的圍棋》

白毛之家，一家四口，
依序是：饅頭、忽冷忽熱、東大寺、忽必烈

《二〇一八・六・一》

親愛的孩子，明天六月二日，今天一號，盤指一算，妳足足已離開了一個月。

這個月，三十天，對我有如數年那麼長。我好像跨過了一個時區，跨出了一段歲月。妳的離開，加上弟弟們突然一起告別，把我推入了老年。一個新的生命旅程。

這三十天，只要人在台灣，我仍然每天為妳插一盆花，泡一杯奶泡，妳的玩偶穿上妳生前的衣服，還在開著跑車，放在我的臥室。我每天早上起床，總是拍她一下，晚上睡覺，親一下以妳為圖針織的抱枕。

這一生妳是快樂的，我陪妳到最後，也愛妳至今。

我所以這麼做，不是自欺欺人，而是我告訴自己，學習南禪寺精神，有淚必不輕彈，再苦也要快樂。況且，我知道妳是個小氣鬼，妳也會在意媽媽有了東大寺、忽忽集團，是否忘了妳。

孩子，我永遠不會忘記一個和我相依為命，陪我度過中年的最佳玩伴。

所有我們共同擁有的酸甜記憶已留下，我學會了更珍惜每一個平凡、無災無離的日子。

現在不管去哪裡工作，夜晚我還是會想起你，光陰對我說，淚流完了，你該幸福了。

當生命中各種痛都已嚐過，我更想記住的是你快樂的能量。

妳走了以後，我們都沒有忘記妳在醫院結交、順便偶爾欺負的朋友：短尾白。她在妳離開的前一天，陪伴妳最後一夜。妳疼痛氣喘哭泣時，她爬過來，嘗試用她殘廢的身體，卻滿滿的溫暖之心觸碰妳，告訴妳：不要怕，我們都在。

妳離開前照顧妳、陪妳三年半的馬姐姐，凌晨四點哭著求醫師讓妳離開嗎啡、氧氣，搭乘最後一次車。醫生動容地答應了，那一夜，妳烏溜溜的眼睛又再度睜亮，坐在駕駛座，享受安靜的台北夜景。

最後一夜。最後一趟。

媽媽沒有忘記所有妳的朋友，我會照顧她們，就像她們照顧妳、陪伴妳到最後。

我們仍然每周至少三次為短尾白送飯，仍然到醫院帶著她的「豪車」，推她離開沒有陽光的醫院，出去逛街。

妳走了，朋友的小孩送來了另一個小霸王。為了紀念妳，取名他為東大寺。

但悄悄的告訴妳，他沒有睡妳的床。
因為妳，在媽媽心目中，永遠獨一無二。
孩子，讓我們在不同的地方共同記得，彼此鼓勵，要永遠快樂。

《二〇一八・六・七》

我們從來不知道哪裡是終點。

這是我的幾個毛小孩走後，我最深刻的感觸。

即使南禪寺，已經溶血症三年半、腎衰竭一年多，最後病危約四個月，除了最後一天，我知道必須和她告別，知道這是我抱緊她的最後一次，在此之前我仍未充分了解，體悟什麼叫最後。

文人說：見一面，少一面。明白這個道理，往往人及一切都已經走到了終點。那一剎那，我們回頭一看，才體會了什麼叫：見一面，少一面。

今年三月，南禪寺還可以每天晚上回家睡覺，我總是顧著她至凌晨三點，才安心上床。上午八點多，助理帶她回醫院前，會抱著她到我床邊，她撒嬌地手靠著我，躺個約半小時，等助理伸手要抱她走時，她總會抗拒一下。

睡在我的枕頭旁，是她童年時的回憶，當她虛弱時，她想回到童年，靠在媽媽的身邊。十七年前也是這樣，媽媽一步步救她，她可能以為一切可以重來。她，並不明白生命的界限，她不知道世上有個東西叫做：死亡。

一切直到四月初，日夜如此，然後她的病情幾次夜晚發作，約莫四月二日最後一個清晨，我們再也沒有機會互相依偎。

那一天，助理一如往常，伸手，她一如往常抗拒，我一如往常地親吻她，告訴她，今晚很快就會回來，乖。那個晚上，她癲癇發作，四月二日，我們的上午彼此依偎的儀式，成了最後。

即使南禪寺走前十天，我們用饅頭的車子推她在社區裡逛街，我開心地和她一起散步說話，我們都沒有意識到，那就是最後一次。

我們都未進入狀況，明白每走一步，好似多一步，其實也是少一步。

散步完幾個小時之後，她嘔吐了，趕緊回到醫院，胰臟發炎、腎臟指數更高……她從此再也沒有回家。直到往生那天。

如今她走了足足五個禮拜，有些事我仍歷歷在目，有些感覺我恍若隔世。

謝謝她留下了一個可愛的好朋友，短尾白。

過去許久，沒有人幫短尾白洗澡。現在每個月初，我的司機會帶短尾白至充滿愛心的多俐寵物美容店，給她一個好SPA。

這家多俐寵物美容店照顧南禪寺自小到老，南禪寺住在台大動物醫院時，老闆一知道，二話不說，立即幫忙我們，至台大動物醫院幫她剪頭髮及指甲數次，不多加費用，還不斷地嘆息：我看著他們長大，怎麼突然一個個都走了……

過去聽說短尾白怕水，曾經洗澡到一半突然大拉肚子。我們特別要求司機把白白送來多俐，這裡的老闆年紀比較大，不像年輕人懂時髦，店面不講究裝潢，可是很有愛心。

果然司機一面餵食短尾白雞肉、蛋白，白白才第二次來這裡洗澡，已非常舒暢，很有安全感。

白白已經十二歲，我不知道還能照顧她多久。但是南禪寺、小甜點、成吉思汗以及離去的功課，教會我，對妳所愛的人及動物，付出，給予愛，儘可能付出。

因為你不會知道，那一次，就是絕響。

《二〇一八・六・十五》

揮別悲傷，我們家成立 M&H Rock Band（饅頭加忽忽集團搖滾樂團）。

M& H Rock Band 主唱饅頭至台大動物醫院找愛狗的林中天教授檢查眼壓，等診期間上樓探望短尾白姊姊，在台大動物醫院到處碰到友善人士要求合拍，頓時成了網紅。

M&H 目前正在練習的主題曲：Take It Easy

《二〇一八・六・二十一》

關節炎及乾眼症去台大、沐恩動物醫院就醫的史特勞斯，探望短尾白，兩個「不來電」。

史有意，白無情。

《二〇一八・六・二十二》

從去年開始，尤其春節、生日、端午節，總有人送我大蘋果。那是史先生的最愛，於是史先生每天都吃一個大蘋果，樂極真會生悲，史特勞斯成了大胖子。

如今關節炎，走路疼痛，而且因為成長過程是流浪狗，營養不良，所以骨骼已提早老化，開始服用維骨力。

但這話是誰說的？必須相信，在這個世界，在某個角落，在某個對的時間，你會碰到一直默默等待你的「人」。

今天史先生依例周五去「放放窩」寵物美容，又遇見「女史」，放放窩暱稱她為「史太太」。

兩個就這樣，被「送做堆」了。不過戶政上尚未完成登記手續，Who Cares?

TRIPLE
DOG

《二〇一八・六・二十八》

孩子，我們並不只是活在我們所屬的時代裡，我們身上也扛著歷史。
不要忘記你在這個房間內看到的每一樣東西，都曾經是嶄新的。

——《蘇菲的世界》

史特勞斯、忽冷忽熱、東大寺，
三人行

《二〇一八・七・二》

我五十歲的生日禮物，那個坐在電視台主持人桌上的小娃娃南禪寺，代表了我人生一個時代。

謝謝所有曾經祝福她，為她祈禱的朋友們。

七月二日，今天是她兩個月的忌日。

旁邊咖啡色是她的仇人，Smokey，我的博美犬，二〇一一年意外地走了。

當時我們不認識蘇璧伶醫師，他得了心臟病，被一個號稱另類療法的鬼醫生噴藥，當場立刻心臟衰竭、肺積水、咳血，鼻孔流血一個晚上，半夜十一點半，我請另一個好醫師敦化動物醫院陳醫師為他注射安寧的藥物，就走了。

他走後，我整整哭了兩年，還叫南禪寺向他的照片鞠躬道歉，南小姐因此有半年不和我來往。

今天找到這個禮物的是鬼靈精怪的東大寺。他遺傳了Smokey的長相、成吉思汗的毛色、還有南小姐的霸道。

是的，人生快樂的時光不會倒流，但是快樂的回憶可以永懷心中。

謝謝我所有天堂上的孩子們，曾經給我的歡樂。

謝謝過去半年來我不斷地失去三個小孩當我痛苦萬分時，所有祝福我協助我寬容我的你們。

謝謝現在仍然陪在我身邊，繼續給我歡樂的毛小孩們。

送給南禪寺的歌曲：To Where You Are

《二〇一八・七・四》

願我們重逢那幽暗的松樹林

——改寫自愛爾蘭・喬伊斯詩

我願我們重逢
在那幽暗的松樹林，
在深邃涼爽的樹蔭下，
在日中正午時分。
躺在那裡多麼美好，
我們共享野餐，
那廣大的松樹林
有著長廊通道，你可以任意奔跑！
隨著你的毛髮
一陣輕柔的風吹起，
我俯就親吻
明白什麼叫美好。

親愛的孩子，你還聽得見我的呼喚嗎？
去那松樹林，
在日中正午時分，
如今的你可以飛翔樹稍，
然後我們在樹蔭下相會，
我們躲迷藏，
別讓老天發現。
親愛的孩子，你還聽得見我的呼喚嗎？

——成吉思汗走後七個月，七月四日

《二〇一八・七・七》

悲劇遠去，喜劇開始。

他們說，所有你失去的，疼痛的，老天會在適當的時機還給你。

過去這個冬天，是我永生難忘的經歷，凜厲豈止是冬風，還有刺到骨子裡的冷冽。

一切過去了，慢慢淡去，我終於有勇氣為成吉思汗燒一瓶紅色的蠟燭，點一串檀香。我不再每天起床拍拍開車玩偶的頭，假裝我的南婆子還在天堂玩耍。

孩子，我接受了，你們皆一一離我遠去。

而依我的年齡和身體狀況，這應該是我一生還有餘力好好照顧毛小孩的最後階段。

我原本打算自己陪著饅頭、史先生，一起老去，一起依偎。

可是學生們、我的乾兒子、乾女兒，他們不希望、或是不習慣看到我接受老，更不願意我一直陷在悲傷回憶中。

他們已習慣了所謂茜茜之家，就是兒孫滿堂，歡樂滿室。

於是年初我有了忽冷忽熱及忽必烈，四月三十日深夜南禪寺即將離世

前兩天，我有了東大寺。

前天乾女兒在群組中貼了一隻小西施犬，我調皮慣性地亂問：誰的狗？把她偷回來。當然沒有當真。

事實是：原來乾女兒自南禪寺過世後，已經為我尋覓南禪寺繼承人許久，並且找到了，還用動物口語和她溝通，把她帶回自己家中，偷偷照顧了三個星期。

等到七月六日美中貿易大戰當天，她已經穩定了，從「放放窩」來了我家。

本來想取名為：西禪寺，傳承南禪寺。但是當我抱著她時，我立即明白，我的孩子已經遠去。我以為我會因為緬懷南禪寺，遺愛西禪寺，結果發現，這個小孩有她自己獨特的生命，自己獨特的可愛，自己獨特的模樣。

原來人對過去的緬懷，只是一種情緒，它似有似無，有一種衝動想找回她，見到了西禪寺，恍然明白過去的，真的已經過去了。

於是今天決定將她改名為：西西公主。

她不是任何小孩的附庸，而南禪寺，永存我心中，不必重複。正如所有美好往事，回憶即可，不必追。

《二〇一八・七・十》

《一個真假公主的傳說與現實》

颱風逃離山區，至台北我的母親家的西西公主，和奧匈帝國的 Sisi 公主合影。

她是一位美麗而深受愛戴的皇后，如今 Sisi 公主早已成為一種偶像人物，維也納有以她命名的巧克力、咖啡館，還有博物館。

霍夫堡皇宮的西西公主博物館，展示了傳說之後的真實。

博物館集中展示西西公主的個人生活，特別是她對宮廷禮儀的反抗、對美麗和瘦身的瘋狂追求、對體育的極度熱衷以及對詩歌的痴迷。

西西公主本是一位美麗的巴伐利亞少女，意外的和奧地利皇帝訂婚，直至最後一八九八年在日內瓦不幸遇刺。

博物館展品包括一件少見當年保留的夏日服裝、結婚前夜聚會禮服的複製品、著名的肖像畫、二十三件的旅行化妝套包、帶有她親自手繪信紙的小書桌、繪畫顏料盒、六十三件旅行藥箱、她當年豪華座車的仿製品，以及她被刺殺後的面部石膏像。在霍夫堡咖啡館 Café Hofburg 可享受到美食。

至於我們家的西西公主，則是巴著餐桌，餓餓的平凡美嬰兒，站在書桌西西公主肖像旁，她格外緊張。

放心，妳不是真公主，也不會遇刺。只是要小心……東・大・寺。

《二〇一八・七・十一》

經歷一夜風雨驚嚇，及彼此難得同住一層樓，不停地爭寵，被東大寺、忽忽集團搶骨頭。加上不斷的出外穿雨衣小便，回家又再吹頭髮……

史先生受夠了。中午風雨暫歇，他帶上遮陽帽，開心地告別台北市。

再見！台北！謝謝，阿嬤的家！

《二〇一八・七・十五》

和諧號，依序是：忽冷忽熱、饅頭、忽必烈。

《二〇一八・七・十七》

熱浪，是那個詩人在歌頌夏日的？

《但願我是，你的夏季》

但願我是，你的夏季，
當夏季的日子插翅飛去，
我依舊是你耳邊的音樂。
當夜鶯和黃鸝精疲力竭，
為你開花，逃出墓地，
讓我的花開得成行成列！
請採擷我吧─秋牡丹─
你的花─永遠是你的！

艾蜜莉・狄金森（Emily Elizabeth Dickinson），美國女詩人

《二〇一八・七・十七》

《短尾白語錄》

如果有機會離開醫院，那怕很短暫，每次我一定抬頭仰望天空。

我總是想對著天空說話，我想謝謝天空。它沒有厚此薄彼，不因我的癱瘓而遮蔽，不因我曾經被拋棄而嫌棄，不因我的渺小而遠離。

因為天空的美好，那些交織的雲及彩虹，不管陰暗或明亮，對我這樣的生命，天空皆未曾保饋贈，它賜予我的，永遠都是驚嘆的禮物。

再平淡的生命，只要放進天空的大舞台下，都會有它綻放燦爛的一刻。

謝謝你，天空。

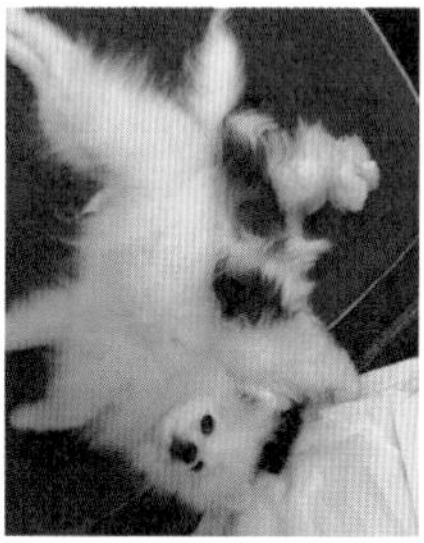

《二〇一八・七・十八》

今晚送東大寺、西西公主入洞房，結果東大寺從床上跳下來，逃婚。因為聽到音樂〈My Heart Will Go On〉，他不想當李奧納多殉情，自己先跳床了！

留下錯愕的新娘，西西公主。

《二〇一八・七・二十四》

《東大寺歷史上的一天》

我只知道從這一夜以後，

喧囂的世界，將如夢飄散，

一座雞肉條撐起的天堂，將既香又美不勝收。

今夜的一切，將永留我心中。

——東大寺與西西公主圓房了，相依偎・夢成真。

《二〇一八・七・二十四》

《短尾白語錄》

一個人與父母之間的功課若沒修完，便需要在其他親密關係中完成，

然後再在親密關係中，重複相同的錯誤。

逃，也逃不掉。

直到你徹底領悟為止。

重溫草地芬芳的短尾白

結語

人為什麼懷舊？不只是老了，不只是和那個年代現在有點距離，所以它看起來特別有美感。

我認為很大的原因是我們在經歷某些人生經驗或歷史時，當下往往不了理解它的意涵。往往猛然要過了許久許久，我們才赫然驚覺自己走過的足跡。當時的痛，當年的苦，昔日的徬徨，年輕時的揮霍，特傻的日子。過了幾十年，猛烈的心疼，才油然而生，於是開始了想念過去，開始了懷舊。

那一刻，我們才驚覺原來當年的我們，日子是這樣爬出來的：所有的歡樂，是這樣自我欺騙才換得的。

所以有時候，我們懷的舊，有一點像長大或者老去的我們，對年輕脆弱的自己，來一點點回盼，給一點點安慰。

把往事包裝起來，像對一個已然被摧毀的玩具，重新修補、裝扮，給點美的顏色，給件美的衣裳……那些遺憾、慚愧、或者回不去的，透過重新的編織，讓仍要活下去的我們，有了幻想，有了陶醉。

懷舊，看起來很美：其實是對失去的、消逝的、荒唐的、遺憾的過去，
一種溫柔的抗爭。
它像止痛劑。

PEOPLE 0423

為愛奔波：毛小孩們教我的生死課

作　者—陳文茜
主　編—李筱婷
協力編輯—劉綺文、張嘉云
責任企畫—曾睦涵
美術設計—張　巖
插畫設計—阿布布思義

發 行 人—趙政岷
出 版 者—時報文化出版企業股份有限公司
10803台北市和平西路三段二四〇號三樓
發行專線—（〇二）二三〇六六八四二
讀者服務專線—〇八〇〇二三一七〇五
（〇二）二三〇四七一〇三
讀者服務傳真—（〇二）二三〇四六八五八
郵撥—一九三四四七二四時報文化出版公司
信箱—臺北郵政七九～九九信箱

時報悅讀網—http://www.readingtimes.com.tw
時報出版愛讀者—http://www.facebook.com/readingtimes.fans
法律顧問—理律法律事務所　陳長文律師、李念祖律師
印　刷—和楹印刷股份有限公司
初版一刷—二〇一八年十一月十六日
定價—新台幣三八〇元

時報文化出版公司成立於一九七五年，
並於一九九九年股票上櫃公開發行，於二〇〇八年脫離中時集團非屬旺中，
以「尊重智慧與創意的文化事業」為信念。

為愛奔波：毛小孩們教我的生死課 / 陳文茜著. -- 初版. -- 臺北市：時報文化, 2018.11
面；　公分. -- (People ; 423)
ISBN 978-957-13-7609-7(平裝)

855　　107019115

ISBN 978-957-13-7609-7
Printed in Taiwan